Der Frosch und die Blumen der Hoffnung

Neues aus dem Blauen Buch in Zeiten von Corona

GERHARD ENGBARTH

Der Frosch
und die Blumen
der Hoffnung

Neues aus dem Blauen Buch
in Zeiten von Corona

Bibliografische Information der Deutschen Nationalbibliothek
Die Deutsche Nationalbibliothek verzeichnet diese Publikation
in der Deutschen Nationalbibliografie; detaillierte bibliografische
Daten sind im Internet über http://dnb.d-nb.de abrufbar.

Coverillustration: Anne Schubert
Umschlagdesign: Ruth Botzenhardt, buxdesign, München
Satz, Herstellung und Verlag:
BoD – Books on Demand
ISBN 978-3-7534-8789-2

Inhalt

»Mit zunehmendem Alter habe ich gemerkt, dass die einzigen Momente, die uns Menschen auf lange Sicht wirklich Freude bereiten, diejenigen sind, in denen wir anderen helfen können.«

Richard Gere

ERSTER TAG

Tinkas kleiner Buchladen

In der Tür von Tinkas kleinem Buchladen hing das Schild:
»Bitte tragen Sie eine Schutzmaske und beachten Sie, dass
sich höchstens vier Personen im Laden aufhalten dürfen.«
Da ich außer Tinka nur zwei Personen sah, lehnte ich mein
Fahrrad an die Mauer neben der Schaufensterscheibe, zog
meine Coronamaske hoch und betrat den Laden.

Trotz der Maske erkannte Tinka mich auf Anhieb und
nickte mir einen Gruß zu. Die Kundin vor der Spuck-
schutzscheibe wartete darauf, dass ihr Buch als Geschenk
verpackt würde, doch Tinka, um sparsamen Verbrauch
bemüht, hatte das Geschenkpapier zu knapp bemessen:
Ein halber Zentimeter fehlte. Mit einem kleinen »Phhh«
zerknüllte sie es, warf den Knüll mit der Präzision Dirk
Nowitzkis in den Papierkorb in der Ecke und schnitt ein
neues Stück ab.

Der zweite Kunde, ein junger Mann, hatte fünf Bände aus
dem Regal in der Geschenkbuchecke gezogen. Vier davon wie
einen Fächer in der linken Hand haltend, las er im fünften
Buch, das er in der Rechten hielt. Tinka legte die Bankkarte

der Kundin auf den Scanner des Lesegerätes und händigte ihr Quittung und Abbuchungsbeleg aus. Nachdem sie sich von ihr verabschiedet hatte, wandte sie sich dem jungen Mann zu: »Kann ich Ihnen helfen?«

»Das wäre schön«, antwortete er, und als wolle er seiner Aussage größeres Gewicht verleihen, wiederholte er: »Ja, das wäre wirklich schön, wenn Sie mir helfen könnten. Ich weiß nämlich nicht und wüsste aber gerne, ob es ein Buch mit Märchen gibt, die Corona zum Thema haben.«

Die Worte setzten die Suchmaschine in Tinkas Kopf in Gang, generierten die Suchbegriffe: »Märchenbuch« und »Corona«, und nach Millisekunden ertönte die Sprachausgabe: »Nicht, dass ich wüsste, doch lassen Sie mich zur Sicherheit noch im Stichwortverzeichnis des Katalogs lieferbarer Bücher nachschauen.«

Sie drehte sich um und gab die Suchbegriffe in ihren Computer ein. Dann schüttelte sie den Kopf. »Wie vermutet: So etwas gibt es nicht.«

»Gott sei Dank!« Der junge Mann atmete erleichtert auf.

Tinka sah ihn irritiert an: »Wie bitte?«

»Na ja, ich habe doch Märchen zum Thema ›Corona‹ geschrieben, und da dachte ich, ich könnte mit meinem Buch vielleicht der Erste auf dem Markt sein.«

»Ach so«, sagte Tinka, »haben Sie denn schon einen Verlag?«

»Das ist es ja«, meinte er, »das ist mein Problem, dass ich noch keinen Verlag habe. Deshalb bin ich hier, weil ich auf der Suche bin. Können Sie mir einen Verlag empfehlen?«

»Auf die Schnelle leider nicht, junger Mann. Sie sehen ja, ich bin allein und muss mich auch noch um andere Kunden kümmern, aber wenn Sie sich weiter bei den Geschenkbüchern umschauen, werden Sie mit Sicherheit Verlage finden, *die in Frage kommen. Auf jeden Fall sollten Sie die aktuelle Ausgabe der Zeitschrift ›BuchMarkt‹ mitnehmen, die auf der Bank vor dem Schaufenster ausliegt.«*

Sie wandte sich mir zu: »Kann ich Ihnen helfen?«

»Bitte zwei Schreibmaschinen-Farbbänder, Gruppe 1, schwarz«, antwortete ich.

»Schwarz ist aus, aber schwarz-rot habe ich da, sogar drei Stück.«

»Dann nehm' ich doch schwarz-rot«, sagte ich, »aber zwei reichen mir.«

»Einen Moment bitte. Muss ich am Lager holen. Wird heute kaum noch verlangt. Wäre Unsinn, die im Laden zu lagern.«

Sie verließ ihre Kassenburg und verschwand im hinteren Teil des Ladens. Ich besah mir den jungen Mann genauer. Er war hochgewachsen und hielt sich schlecht: runde Schultern, runder Rücken. Er schien seine Suche beendet zu haben. Als Tinka zurückkam, sagte er: »Vielen Dank. Ich habe sieben Verlage notiert und nehme auch die Zeitschrift mit.«

»Viel Glück bei der Suche«, sagte Tinka, »und wenn Sie einen Verlag gefunden haben, geben Sie mir Bescheid.«

Er nickte: »Das werde ich tun. Auf jeden Fall werde ich das tun. Schließlich sollen Sie mein Buch ja verkaufen.«

»Am liebsten tausend Stück«, sagte Tinka staubtrocken, als sie die Farbband-Döschen unter der Spuckschutzscheibe hindurchschob. Ich schob einen 20-Euro-Schein in Gegenrichtung, und nachdem Tinka mir 7,60 Euro Wechselgeld herausgegeben hatte, wünschte ich ihr einen guten Tag.

Ich legte die Döschen in den Fahrradkorb am Lenker, stieg auf mein Rad und fuhr Richtung Marktplatz. Vor der Sparkasse holte ich den jungen Mann ein: »Verzeihen Sie, ich bin eben unfreiwillig Zeuge Ihres Gesprächs mit der kleinen Buchhändlerin geworden. Ihre Märchen interessieren mich. Würden Sie mir eines erzählen?«

»Sind Sie Verleger?«, fragte der junge Mann.

»Da muss ich Sie enttäuschen. Meine Brille verlege ich manchmal, mitunter auch die Schlüssel, doch ansonsten verlege ich wenig bis nichts.«

»Ach so«, meinte er, »Sie sehen auch nicht wie ein Verleger aus.«

»Wie sehen Verleger denn aus?«, wollte ich wissen.

»Das kann ich nicht sagen«, meinte er, »ich bin ja noch keinem begegnet, aber mit einem Fahrrad stelle ich mir Verleger jedenfalls nicht vor, eher mit BMW.«

»Aha, mit BMW also«, sagte ich amüsiert.

Entschuldigend meinte er: »Verzeihen Sie. Ich wollte Sie nicht kränken. Sie haben ein sehr schönes Fahrrad.«

»Dann bin ich ja beruhigt«, antwortete ich. »Wollen wir uns ins Eis-Café auf dem Marktplatz setzen? Ich lade Sie auf einen Kaffee ein, und Sie erzählen mir eines Ihrer Märchen.

»Einverstanden«, sagte er.

Wir setzten uns. Als die Bedienung erschien, bestellte ich für mich einen Cappuccino und fragte: »Für Sie auch?«

»Ja, bitte. Wenn Sie kein Verleger sind, was machen Sie dann beruflich?«, fragte er.

Ich zog meine Visitenkarte aus dem Portemonnaie. »Autor Musiker und Kolumnist«, las der junge Mann halblaut und sah mich fragend an: »Kolumnist, das ist doch … ähm-eh.«

»Man könnte auch sagen ›Geschichtenschreiber‹. Jeden Freitag erscheint meine Kolumne in der Zeitung.«

»Dann sind wir quasi also … gewissermaßen Kollegen.«

»Deshalb interessieren mich Ihre Corona-Märchen ja auch.«

Die Bedienung brachte den Cappuccino. Nachdem ich meinen Karamellkeks angebissen und den ersten Schluck geschlürft hatte, sagte ich: »Nun bin ich ganz Ohr.«
Und der junge Mann begann zu erzählen.

· · ·

Der Frosch und die Blumen der Hoffnung

»Guten Morgen«, sagte der Frosch.

»Guten Morgen«, antwortete Sonja vom ›Blumenhaus Sonnenblume‹, »was kann ich für Sie tun?«

Der Frosch räusperte sich: »Ach wissen Sie, mein Freund Christian hat solche Angst wegen Corona. Da würde ich ihm gerne einen Strauß Hoffnungsblumen schenken.«

»Ich habe leider keine Hoffnungsblumen da«, sagte Sonja.

Der Frosch ließ den Kopf hängen: »Ach, wie schade!«

Sonja lächelte. »Warten Sie, nicht traurig sein. Ich werde meine Lieferanten anrufen. Bestimmt hat einer Hoffnungsblumen an Lager.«

Sonja gab eine Nummer in ihr Handy ein, begrüßte ihr Gegenüber, redete kurz und schüttelte dann den Kopf: »Leider nein. Probieren wir's beim nächsten.«

Doch auch dieser und die anderen drei Lieferanten hatten keine Hoffnungsblumen vorrätig.

»Nun bleibt uns nur noch der Herr Brummer«, meinte Sonja, gab dessen Nummer ein und trug ihr Anliegen vor.

»Auch er hat keine an Lager, doch er hat Hoffnungsblumen-Samen, die er Freitag liefern könnte. Soll er?«

»Oh ja, bitte!«, sagte der Frosch, »Freitag ist ja schon übermorgen, da muss ich nur noch vier Mal schlafen.«

»Vier Mal?«

»Ich mache doch immer zwei Stunden Schönheitsschlaf nach dem Mittagessen. Bis übermorgen ist das vier Mal schlafen.«

»Ich verstehe«, meinte Sonja, »Ihr Schönheitsschlaf.«

»Das sieht man ja wohl, wenn man mich anschaut«, meinte der Frosch, »von nichts kommt nichts.«

»Das sieht man auf den ersten Blick«, bestätigte Sonja, »Herr Brummer bat mich, Ihnen noch etwas auszurichten.«

»Ich bitte darum«, meinte der Frosch.

»Er sagte: ›Hoffnungsblumen taugen nicht für Großkulturen. Man kann sie nur in kleinen Mengen im Garten aussäen.‹«

Hatte der Frosch die ganze Zeit erwartungsvoll zugehört, so ließ er nun den Kopf hängen: »Ich habe keinen Garten, nur meine Wohnung.«

»Haben Sie vielleicht einen Blumenkasten?«

Der Frosch nickte: »Einen Blumenkasten habe ich, sogar aus Gusseisen, von meiner Oma Auguste. Vater hat immer gesagt, Oma Auguste sei auch aus Gusseisen.«

»Na also, wer sagt's denn. Dann bringen Sie am Freitag Ihren gusseisernen Blumenkasten mit, ich fülle ihn mit Erde, und Sie säen die Samen darin aus.«

Nun leuchteten die Augen des Frosches wieder: »Und was kosten Samen und Erde?«

»Die Erde schenke ich Ihnen, weil Sie ein so netter Herr Frosch sind. Und Herr Brummer sagte zum Preis der Samen, sie seien so teuer, dass man sie für Geld nicht kaufen könne, doch in diesem besonderen Fall, weil Sie die Blumen weiterschenken möchten, um Hoffnung zu verbreiten, wolle er Ihnen die Samen ebenfalls schenken.«

»Oh, wie schön!«, rief der Frosch, »Hoffnung verbreiten ist in diesen Tagen so wichtig wie Mund-Nase-Schutzmasken und Ethanol, vielleicht sogar noch wichtiger.«

Im Vorübergehen, hatte ich die letzten Sätze mitbekommen, blieb stehen und fragte: »Könnte ich auch ein Päckchen dieser Samen haben?«

»Aber gerne«, antwortete Sonja.

»Dann können wir uns ja gemeinsam auf übermorgen freuen«, meinte der Frosch.

. . .

»Chapeau! Ein schönes Märchen!« Ich deutete eine Verbeugung an und zog meinen imaginären Hut.

Der junge Mann strahlte.

»Ihre Art zu erzählen gefällt mir«, sagte ich, »wie sind Sie auf das Märchen gekommen?«

»Einen Teil davon habe ich tatsächlich erlebt, den anderen mir ausgedacht, bis am Ende alles stimmig und rund war.«

»Gute Methode! So arbeite ich auch oft«, sagte ich.

»Erzählen Sie mir jetzt eine Geschichte von sich?«, fragte der junge Mann.

»Wenn im Café noch die Zeitung vom Freitag liegt, lese ich Ihnen meine jüngste Kolumne vor.« Als ich die Inhaberin des Cafés in der Tür stehen sah, rief ich: »Sevda, können Sie mir bitte alle Tageszeitungen bringen, die im Café sind?«

»Wollen Sie die alle lesen?«, rief Sevda zurück.

»Ich suche einen Artikel aus der Zeitung vom Freitag.«

»Ach so.« Sevda verschwand in ihrem Café und kam kurz darauf wieder: »Sie haben Glück: Die Zeitung vom Freitag war tatsächlich noch da.«

*Ich schlug den Lokalteil auf und las dem jungen Mann
meinen Text vor.*

. . .

Die drei Zauberworte

Jeden Samstag fahre ich zum Felke-Center, stelle mein Rad
vor Antonio Piazzas Eiscafé »Cortina« ab und stiefele in
den ersten Stock, um im »Last-Mile-Büro« die restlichen
Zeitungen vom Wochenende abzuholen. Der Name »Last
Mile« ist erst ein oder zwei Jahre alt; zuvor hieß die Firma
»Pressezustelldienst Rhein-Nahe Gmbh & Co. KG«.

»Last Mile« könnte auch ein »Café zur letzten Träne«
am Friedhof heißen, in dem die Angehörigen Verstorbe-
ner beim Leichen-Ims Streusel- und Kranzkuchen in ihren
Kaffee tunken. Bei »Last Mile« sind alle freundlich, bis
hoch zum Chef, aber Konny Neubach und Gisela Franz-
mann sind einsame Spitze, was Freundlichkeit betrifft.

Sonntags fahre ich dann zum Seniorenheim und ver-
schenke die Zeitungen, unter anderem an Martha Leurer,
mütterliche Freundin meiner Schwester Traudel und mir,
an die 101-jährige Christine Schauß, die sich mit 95 in den
Fernsehmoderator Jens Hübschen verliebt hat, an Renate
Möhler, die Lebensgefährtin meines unvergessenen Freun-
des Peter Rudl und an Ramona Römer.

Seit Corona kann ich die Zeitungen nicht mehr persön-
lich überreichen. Deshalb beschrifte ich daheim neun Ban-
derolen mit dem Namen der Empfänger, schreibe einen
Gruß dazu, falte die Zeitung zwei Mal und lege ihr die
»Bauchbinde«, an, die ich mit einem Klebestreifen schließe.
Diese neun Zeitungen gebe ich dann an der Haustür ab.

Das kostet mich nichts, weil die übrig gebliebenen Wochenend-Zeitungen sonst in die Altpapier-Tonne wandern würden. Es ist mir eine Freude, ältere und kranke Menschen mit der Welt in Verbindung zu halten. Marie von Ebner-Eschenbachs Satz trifft: »Menschen, denen wir eine Stütze sind, geben uns Halt im Leben.«

Als ich in der ersten Corona-Hochphase mein Rad am Eiscafé »Cortina« abstelle, sehe ich Antonio in seinem Café herumwuseln. Seit er 2014 die Zeitung bei mir abonniert hat, kennen wir uns. Seitdem lachen wir miteinander und wechseln ein paar Worte, wenn wir uns begegnen, nie Weltbewegendes, aber immer herzlich.

Hier ist Antonios Geschichte: 1960 in Vigo di Cadore in der Provinz Belluno in Venetien/Nordostitalien geboren und mit 3 Geschwistern groß geworden, hat er sein Handwerk im Eiscafé der Großeltern erlernt und später bei den Onkeln Valentino und Giuseppe in Rüsselsheim und seiner Schwester Marisa und Schwager Mario in Rödermark vervollkommnet. So hat er von der Pike auf gelernt, feinstes italienisches Eis zuzubereiten. Seit 2013 kommt er nach Bad Sobernheim, schließt im November sein Café, verbringt die Winterpause daheim und kommt im Februar wieder her. Dann weiß ich: Jetzt kann der Frühling nicht mehr fern sein.

An dem Tag im März frage ich »Antonio, was machen deine Umsätze in Zeiten von Corona?« Er schüttelt den Kopf: »Katastrophal«, sagt er, doch nach einem Moment hellt sich sein Gesicht auf, als er fortfährt: »Aber Hauptsache gesund!«

Antonio feiert das Leben wie es ist: mit Krankheit, Armut und Ungerechtigkeit und nicht wie es sein sollte. Das heißt nicht, dass ihm alles egal wäre, doch das Leben meistern kann nur, wer die Welt sieht wie sie ist und die Menschen wie sie sind, ohne ihnen politische oder religiöse Ideologien überzustülpen, wie sie zu sein hätten. Wir können nur vorleben, wie es geht, nur durch unser Handeln zeigen, was unsere Worte wiegen und wert sind. Die Engländer sagen: »You have to practice what you preach«, und in der Bibel steht: »An ihren Früchten sollt ihr sie erkennen.«

. . .

Der junge Mann sah mich an: »Ein starker Text.«

Ich antwortete: »Ich mach' das ja auch schon ein paar Tage lang.«

»Wie viele Geschichten von der Art haben Sie denn schon veröffentlicht?«, *wollte er wissen.*

Ich rechnete: »Das müssten so um die 600 Mundart-Kolumnen sein.«

»Wieso Mundart?«, *fragte er,* »das war doch Hochdeutsch.«

»Ach, wissen Sie, ich habe schon so viele meiner Mundart-Texte ins Hochdeutsche übertragen, dass ich vermutlich der einzige Simultan-Dolmetscher Naheländisch – Hochdeutsch und Hochdeutsch – Naheländisch bin.«

»Wissen Sie was?«

»Was denn?«

»Sie können mich duzen. Ja, Sie können mich ruhig duzen. Ich heiße Tobias.«

»Gerne. Und wie alt bist du, Tobias?«

»19, im Juni bin ich 19 geworden.«

»Dann bist du genau 50 Jahre jünger als ich, ein halbes Jahrhundert. Wenn du magst, kannst du mich auch duzen.«

Er zögerte einen Moment: »Ach, wissen Sie, ich möchte lieber weiterhin beim ›Sie‹ bleiben. Irgendwie fällt es mir schwer, jemanden zu duzen, der schon so alt ist.«

»Okay, das kann ich verstehen. Wenn ich mit jemand 50 Jahre älterem reden würde, ginge mir das ebenso.«

»Der wäre dann ja 119«, *stellte Tobias fest.*

Ich nickte, und Tobias fuhr fort: »Wissen Sie, welcher Satz in Ihrem Text mir am besten gefallen hat?«

»Sagst du es mir?«

»Der vom Stützen und Halt-Geben.«

»Der Satz ist wie eine Kompassnadel für mich. Ich weiß noch, wo ich ihn zum ersten Mal gelesen habe: Im Großraum-

wagen eines ICEs in einem Alurahmen an der Abteilwand. Von diesen Rahmen hingen noch mehr mit anderen Aphorismen in dem Zug. Jemand musste die Idee gehabt haben, Sinnsprüche auszuhängen, die weder für ein Getränk oder einen Snack, noch für die Deutsche Bahn warben, sondern die einzig und allein ihrer Klarheit und Schönheit wegen da hingen.«

Tobias überlegte: »Die Frau sagt also, dass Helfen in zwei Richtungen wirkt.«

»Mir ist dazu ein physikalisches Gesetz eingefallen, das dritte Newtonsche Axiom: Kraft gleich Gegenkraft: Wenn du vom Rand eines Ruderboots ins Wasser springst, wirkt dabei die gleiche Kraft, mit der du nach links springst als Gegenkraft auf das Boot, das dadurch nach rechts treibt. Und wie die lebenskluge Marie von Ebner-Eschenbach es auf den Punkt bringt, wirken beim Stützen und Halt-Geben ebenfalls zwei Kräfte, doch nicht gegeneinander, sondern miteinander: Andere zu stützen, gibt uns Halt.«

»Machen Sie das mit den Zeitungen am Wochenende schon lange?«, fragte Tobias.

»Sechs, sieben Jahre vielleicht. Wenn es mir nicht gut geht, tue ich es erst recht. Hier ein Vierzeiler, in dem ich es so ausgedrückt habe:

> *Die Freude ist ein Bumerang,*
> *sie kehrt zu dir zurück;*
> *es war schon immer so bislang:*
> *Dem Schenker schenkt sie Glück.«*

Als ich beim letzten Vers gähnen musste, sagte ich: »Tobias, ich stürze ab ins Mittagsloch. Ich muss heim, was essen und Mittagsschlaf halten.«

»Verstehe, Ihren Schönheitsschlaf, so wie der Frosch.«

Ich lachte: »Das sieht man ja wohl, wenn man mich anschaut. Von nichts kommt nichts.«

»*Ich wünsche gute Mittagsruhe.*«

»*Danke*«, sagte ich, »*aber ich würde unseren Austausch gerne fortsetzen. Wenn du heute Nachmittag nichts anderes vorhast, komm mich doch besuchen. Ab 16.00 Uhr bin ich aus Bettingen zurück.*«

»*Wo liegt das denn?*«

Drei Atemzüge vom Mittagsloch entfernt.

»*Ach so, Ihr Bett. Und wo finde ich Sie?*«

»*Du hast meine Karte.*«

Aus der Brusttasche seines Hemdes zog Tobias meine Visitenkarte und nickte dann.

»*Geht klar. Um vier bin ich bei Ihnen.*«

»*Dann bis um vier.*«

o

Ich wärmte die Schinkennudeln vom Vortag auf. Bevor ich mich hinlegte, nahm ich das Blaue Buch aus dem Regal und legte es auf den Küchentisch. Schon die ganze Zeit hatte ich nachsehen wollen, ob nach meinem Aufenthalt in der »Pension zum Glück« tatsächlich neue Geschichten ihren Weg auf die weißen Seiten des Blauen Buches gefunden hätten.

Ich schlief wie ein Murmeltier, und während ich nach dem Aufstehen einen frisch gebrühten Kaffee trank, schlug ich das Blaue Buch auf. Tatsächlich! Seit meiner Rückkehr aus der »Pension zum Glück« waren etliche Geschichten neu hinzugekommen. Wie war das möglich? Ich konnte es mir nicht erklären. Als mir beim Abschied aus der Pension die Dame das Buch überreicht hatte, enthielt es Texte und Fotos bis

Seite 183; anschließend folgten nur weiße Seiten, ich kann nicht sagen, wieviele, da sie ohne Seitenzahlen waren. Aber etwa hundert dieser zuvor weißen Seiten waren jetzt mit Texten und Fotos bedruckt. Unerklärlich!

Ich musste Tobias auf jeden Fall erzählen, wie ich an das Blaue Buch gekommen war, und wenn es ihn interessierte, könnte ich ihm die neuen Geschichten ja vorlesen.

Um zehn vor vier schellte er an der Haustür: »Ich weiß, ich bin zu früh, aber ich dachte: Besser zu früh als zu spät.«

»Komm mit mir durch den Garten. Ich zeige dir den Weg zu meinem Outdoor-Office auf der Terrasse«, sagte ich.

Wir gingen um das Haus herum und stiegen die sechs Stufen zur Terrasse hoch. »Mach es dir bequem. Was magst du trinken?«

»Wasser bitte.«

Ich ging durchs Wohnzimmer in die Küche, füllte zwei Gläser und nahm das Blaue Buch vom Küchentisch.

»Bitte sehr, 1a Kraninger, frisch von der Quelle, meine Hausmarke.«

Ich hielt ihm das Blaue Buch hin: »Wenn du einen Verlag für deine Märchen suchst, schau dir das mal an.«

Er nahm das Buch und las den Titel: »Das Leben ist ein Blaues Buch mit Eselsohren«. Er betrachtete den Umschlag, schlug das Buch auf, blätterte darin und meinte dann: »Tatsächlich. Jede Menge Eselsohren. Haben Sie die reingemacht?«

Ich nickte und Tobias fuhr fort: »Meine Mutter bekäme Krämpfe, wenn Sie das sähe. Wild zuckend würde sie sich auf dem Boden winden. Sie regt sich ja schon auf, wenn ich nur was in ein Buch schreibe, und sei es bloß mit Bleistift. Wenn ich mit einem Marker was hervorhebe, flippt sie aus, und sie stirbt tausend Tode, wenn ich ein Taschenbuch aufbreche, es am Buchrücken in der Leimung knicke, damit ich es lesen kann.«

»Wie liest sie denn Taschenbücher?«, fragte ich.

»Ich glaube, gar nicht. Vermutlich liest sie nur Hardcover-bände mit Fadenheftung.«

Ich sagte: »Zu deiner Frage mit den Eselsohren. Die sind tatsächlich von mir, und es hat Folgendes damit auf sich … »,
und ich erzählte Tobias, wie ich in N. überraschend vor der »Pension zum Glück« gestanden hatte, erzählte von der Dame, die nicht mehr ganz jung, doch keinesfalls alt zu nennen war und wie sie mir erklärt hatte, warum Besucher nur drei Tage in der Pension bleiben durften, bevor sie mir den Zimmerschlüssel und das Blaue Buch ausgehändigt hatte. Ich erzählte, dass ich der einzige Gast gewesen war, dass die Küche des Hauses hervorragende Mahlzeiten zubereitet hatte, und ich erzählte, an welchen Orten und in welchen Räumen der Pension ich das Blaue Buch gelesen hatte: im Archiv, im Musikzimmer, im Raum der ungeschriebenen Bücher, im Garten und am Brunnen. Und ich erzählte Tobias von den weißen Seiten hinten im Buch, von denen die Dame gesagt hatte, sie seien für die Geschichten bestimmt, die ich noch erleben oder an die ich mich erinnern würde, sobald ich wieder daheim wäre.

»Und da stehen jetzt wirklich neue Geschichten drin?«, fragte Tobias.

Ich nickte.

Er schüttelte den Kopf: »Bestimmt ist da ein Trick dabei. Als meine Schwester und ich Kinder waren, hat unser Onkel Christian uns jahrelang mit seinem Zauberbuch verblüfft. »Fun Magic Coloring Book« hieß das und kam aus Amerika. Beim ersten Mal, wenn Onkel Christian es aufblätterte, waren alle Seiten des Buches weiß, beim zweiten Aufblättern waren schwarz-weiße Bilder zu sehen, und beim dritten Mal waren dieselben Bilder bunt. Wie haben wir gestaunt! So viele offene Münder wie bei unseren Kindergeburtstagen habe ich nie vorher und auch nie hinterher wieder gesehen. Ich habe felsenfest geglaubt, dass Onkel Christian wirklich zaubern konnte und magische Kräfte besäße. Wenn er sich im Schneidersitz auf unseren Wohnzimmer-Teppich gesetzt und dem Teppich mit einem Zauberspruch befohlen hätte ›Erhebe dich und schwebe‹, dann hätte sich der Teppich erhoben und wäre mit Onkel Christian geschwebt, wohin auch immer der es ihm befohlen hätte.«

»Und wie funktioniert der Trick?«, fragte ich.

»Ja, es war nur ein Trick«, sagte Tobias, »Leider. Ich war mega-enttäuscht, als ich vor ein paar Jahren sah, wie einer auf YouTube ihn verraten hat. Dieser Verräter hat den Zauber zerstört, den Onkel Christians ›Fun Magic Coloring Book‹ hatte. Und vielleicht ist das bei Ihrem Blauen Buch ja derselbe Trick.«

Ich gab ihm das Buch in die Hand, und er blätterte es durch, indem er den Daumen beim Blättern an verschiedene Stellen des Buches legte, doch immer war das Ergebnis gleich: Auf 300 bedruckte Seiten folgten noch einmal eine stattliche Anzahl weißer Blätter ohne Seitenzahlen.

Ich sagte »Wie bei ›Catweazle‹ oder ›Pan Tau‹.«

» ... oder wie im Märchen«, ergänzte Tobias und sah mich an, »ich hatte ja schon vermutet, dass wir Kollegen sind.«

Tobias schien etwas in dem Buch zu suchen: »Ich finde kein Impressum. Bei welchem Verlag ist das Buch erschienen? Und wie haben Sie ihn gefunden?«

»Das ist schon wieder wie im Märchen«, antwortete ich, »nicht ich habe den Verlag gefunden, sondern er mich. Nachdem ich jahrelang akribisch ausgearbeitete Exposés und Leseproben an Verlage geschickt hatte, die ohne Antwort blieben oder mit Standardabsagen per E-Mail abgelehnt wurden, eröffnete sich überraschend die Möglichkeit, mein Buch im Print on Demand-Verfahren selbst zu publizieren, nachdem

Freunde mir 2.500 Euro geschenkt hatten, mit denen ich die Produktionskosten für das Buch locker bezahlen konnte.«

»So hoch sind die Produktionskosten für ein Buch?«

Ich nickte.

»Und soviel haben die Ihnen geschenkt?«

Ich nickte.

»Meinen Sie, Sie könnten denen mal von mir erzählen?«, fragte Tobias.

Ich musste lachen.

»Schon gut«, meinte er, »war ja nur eine Frage.«

»Wenn ich dir einen Rat geben darf, solltest du die ›Pension zum Glück‹ suchen. Auf mich ist dieser Geldregen auch erst niedergegangen, nachdem ich vor der ›Pension zum Glück‹ stand, nach der ich so lange gesucht und sie nicht gefunden hatte. Als ich nicht mehr nach ihr suchte, hat sie mich gefunden – und dann kam der Geldregen. Einerseits musst du also mit aller Kraft suchen, andererseits aber irgendwann mit dem Suchen aufhören, damit du gefunden werden kannst: vom Glück, von der Liebe, vom Geld, von einem Verlag. So ist es mir gegangen, warum sollte es dir nicht auch so gehen?«

»Na gut«, meinte Tobias, »danke für den Rat. Und jetzt bin ich neugierig auf die erste neue Geschichte in Ihrem Buch.«

»Ich auch«, nickte ich.

»Darf ich Ihnen Fragen dazu stellen?«

Wieder nickte ich.

»Dann bin ich jetzt ganz Ohr«, meinte er und schloss die Augen. Mit dem Lesebändchen, das auf Seite 183 eingelegt war, zog ich das Blaue Buch auf, blätterte um und stieß auf folgende Geschichte.

. . .

Von Worten, die wie Schlüssel sind

Geht Ihnen das manchmal auch so: Man hört ein Wort, das Erinnerungen in einem wachruft, als sei's der Schlüssel für ein Tor, und wenn man durch das Tor geht, kommt man in einen Park mit alten Bäumen, in dem man als Kind oft war und von dem man später manchmal noch träumt.

Bei mir ist das so mit dem Wort »Magenbrot«. Wenn ich es höre, muss ich schmunzeln. Das ist mir schon als Kind so gegangen. Ich dachte: Das ist doch doppelt gemoppelt! Wo soll das Brot denn sonst hin als in den Magen? Im Lexikon wird das Wort so erklärt, dass das Gebäck magenfreundliche Gewürze enthalte: Gewürznelken, Zimt, Sternanis und Muskatblüten.

Früher gab es Magenbrot nur auf der Kirmes zu kaufen und auf dem Weihnachtsmarkt, am gleichen Stand wie die gebrannten Mandeln, die Zuckerwatte und die dicken, roten Äpfel mit der pappsüßen Zuckerglasur, auf dem dünnen Holzstielchen, das regelmäßig durchgebrochen ist, sodass man den Apfel dann doch in die Hand nehmen musste und das Gefühl hatte, der klebrige Zucker ließe sich nie mehr von den Fingern waschen. Darum habe ich diese Äpfel auch nicht gemocht und niemals gekauft. Magenbrot hingegen habe ich immer gekauft; nicht für mich, sondern für meinen Vater. Der liebte es und hat sich wie ein Kind gefreut, wenn man ihm welches mitbrachte: in einer grünen Papiertüte mit dunkelblauem Aufdruck »Feinstes Magenbrot«. Vermutlich hatte es in Vaters Kindheit wenig andere Süßigkeiten gegeben.

Nun lebt er schon über 40 Jahre nicht mehr, doch immer, wenn ich das Wort »Magenbrot« höre, muss ich an ihn denken und an die Freude, die man ihm damit machen konnte.

Ich sehe sein Gesicht mit den buschigen Augenbrauen noch vor mir, wie er schmunzelt und wie seine Augen leuchten.

Das sind Erinnerungen! Das ist Kino im Kopf. Die Eintrittskarte ist nur ein Wort, aber was für Filme!

. . .

Tobias sah mich an: »Aus Magenbrot habe ich mir nie viel gemacht. Jetzt, nach Ihrer Geschichte, läuft mir das Wasser im Mund zusammen, wenn ich nur die Namen der Gewürze höre: Sternanis, Gewürznelken, Zimt und Muskatblüten ...«

Ich hielt Tobias das Buch hin, damit auch er das Foto betrachten konnte.

»Ist das Ihr Vater?«

Ich nickte.

»Und der Junge in der Lederhose, sind Sie das?«

Wieder nickte ich.

»Und das Köpfchen in der Mitte?«

»Das ist meine Schwester Trudel«, antwortete ich.

»Und wo ist Ihre Mutter?«, fragte er.

»Die hat das Foto aufgenommen. Fotografieren war ihr Hobby.« Als ich umblätterte und bei der nächsten Geschichte ein Foto von meiner Mutter und mir sah, sagte ich: »Hier ist sie schon.« Dann las ich die zweite Geschichte.

. . .

Im Kino der spannendsten Filme

Ein Foto wird durch ein Objektiv aufgenommen. Das Ergebnis: Man kann objektiv etwas von außen betrachten, während der Traum ein subjektiver Film ist, den man von innen anschaut: im Kino mit den spannendsten Filmen, dem Kino im Kopf, in dem alle Arten von Filmen laufen: Liebesfilme, Komödien, Thriller und Horrorfilme.

Was ist auf dem Foto zu sehen? Ich habe Handschuhe und eine Mütze an, also muss es Winter sein. Mutter steht auf der Terrasse und hält mich im Arm, ihr Blick liegt auf mir, sie ist mir zugewandt, schenkt mir ihre Zuwendung, und aus dieser Sicherheit heraus lache ich mit dem Fotografen, mit dem Leben. Ein weiches Kindergesicht ohne Blessuren und Ängste schaut in eine Welt, die ihm offensteht.

In meinem Kopfkino gibt es einen Film, der ein paar Meter von der Stelle spielt, an der das Foto gemacht wurde, nur ein paar Jahre nach diesem Foto aufgenommen. Von der Terrasse aus führt eine Treppe mit sechs Stufen in den Garten. Als ich fünf oder sechs war, habe ich im Garten mit Mutter Nachlaufen gespielt. Das Gras war so hoch gewachsen, dass man die unterste Treppenstufe nicht sehen konnte, und als ich beim Nachlaufen meiner Mutter hinterherrannte, stolperte sie direkt vor mir über die unterste, vom Gras überwachsene Stufe, stürzte, schlug hart hin und tat sich sehr weh. Ich war entsetzt: Meine Mama, mein Schutz und meine Sicherheit lag mit schmerzverzerrtem Gesicht auf dem Boden: gestürzt, machtlos, unfähig, sich zu helfen. Das konnte nicht sein, das durfte nicht sein – und doch war es so. Wie war das möglich?

Dies war der erste Einbruch von Entsetzen in meine helle und heile Kinderwelt. Es war das Dämmern der Erkenntnis, dass Schmerz und Grauen jederzeit über unsere kleinen Paradiese hereinbrechen können, auch wenn am Ende die Hoffnung mit Fragezeichen bleibt: »Aber Mama, es wird doch alles wieder gut, gell?«

. . .

Tobias schluckte. Die Geschichte bewegten ihn. Als ich umblätterte und das Foto der nächsten Geschichte sah, ahnte ich, wovon die Geschichte handeln würde und sagte: »Bei der Geschichte wirst du lachen. Sie handelt von meiner Schwester und mir.

Tobias schaute skeptisch: »Au weia. Schwestern! Ich habe auch eine, eine ältere.«

»Meine ist anderthalb Jahre jünger als ich« sagte ich und begann zu lesen.

. . .

Jiu Jitsu mit Worten

Als meine Schwester Trudel und ich Kinder waren, lasen unsere Eltern die Illustrierte »Stern«, in deren Mitte die Kinderbeilage, »Sternchen« eingeheftet war, anfangs ein eigenes Heft von acht Seiten, später eine Doppelseite zum Heraustrennen.

Ich habe die Comic-Serien »Jimmy das Gummipferd« und »Reinhold das Nashorn« von Loriot gemocht, doch am meisten hat mich eine Serie interessiert, in der Jiu-Jitsu-Tricks beschrieben wurden, die mit Fotos illustriert waren. Bei der asiatischen Kampfsportart Jiu-Jitsu geht es darum, den Angreifer abzuwehren, indem man dessen Schwung ausnutzt, um ihn zu Fall zu bringen und zu besiegen. Die neuen Tricks wollte ich natürlich immer gleich ausprobieren, und weil in der Nachbarschaft keine Jungen in meinem Alter wohnten, musste ich halt mit meiner Schwester Trudel vorlieb nehmen. In einer Folge wurde gezeigt, wie man einen Stockangriff abwehrte. Ich holte Vaters Spazierstock, ging zu meiner Schwester, hielt ihr den Stock hin und sagte: »Kannst du mich damit mal angreifen?«

Sie muss geahnt haben, was auf sie zukommen würde. Seit dem Schulterwurf in der Vorwoche war sie irgendwie verändert. Dabei hatte der Wurf wie am Schnürchen geklappt. Gut, sie war etwas unglücklich aufgekommen, das gebe ich zu, aber das war doch nicht meine Schuld. Ich hatte ihr zwei Wochen zuvor die richtige Falltechnik genau gezeigt.

Auf jeden Fall wollte sie mich partout nicht angreifen, sondern ließ die Tränen laufen. Obwohl ich sie noch gar nicht berührt hatte, rief sie: »Mama, komm schnell! Der Gerhard will wieder Tricks mit mir machen!«

Mutter kam gerannt und schimpfte mit mir: »Warum musst du als der Ältere und Vernünftigere dein armes kleines Schwesterchen so drangsalieren?« Und bevor ich noch antworten konnte, zack, schon hatte ich eine Ohrfeige weg, die sich gewaschen hatte.

Sie hätten das Gesicht meiner Schwester sehen sollen, wie sie gestrahlt hat. Im wahrsten Sinn des Wortes war mir schlagartig klar geworden: Wer so ein Mundwerk hat, braucht kein Jiu Jitsu!

. . .

Ich sah auf die Uhr: Es war kurz vor fünf.
»Wie wär's mit einem Tee?«
»Gern«, antwortete Tobias.
»Schwarzer Tee. Klassik?«
»Schwarzer Tee. Klassik!«
Nachdem ich den Tee serviert hatte, blätterte ich um und sah auf dem Foto einen Oldtimer vor meinem Haus stehen. Als ich Tobias das Buch in die Hand gab, pfiff er durch die Zähne: »Wow! Tolles Auto!«
Ich ahnte, worum es gehen würde, als ich zu lesen anfing.

. . .

Is hab abber delenkt

Letztens, als mir mein Freund Mehmet erzählte, was er für ein Autonarr sei, ist mir diese Geschichte eingefallen, und in einer Fotokiste habe ich kurz darauf sogar ein Foto des 170er-Benz gefunden, um den es in der Geschichte geht und den mein Vater 1954, in der Epoche des aufstrebenden Wirtschaftswunders, gefahren ist.

Ich war damals vier, und mein Schwesterchen Trudel war zweieinhalb. Zur Mittagszeit, als Mutter das Essen fertig gekocht hatte, sagte sie: »Gerhardchen, geh rüber ins Geschäft und sag' dem Papa, er soll zum Essen kommen.« Den Auftrag hatte mir Mutter im Hausflur gegeben, hinter dem Fenster stehend, das auf dem Foto neben der Haustür zu sehen ist. Sie sagte, ich sei munter zur Haustür hinausgestiefelt, während sie den Kinderwagen mit dem Schwesterchen im Flur hin- und hergeschaukelt habe, damit es zu krangeln und nangeln aufhören würde und einschliefe.

Als Mutter vom Kinderwagen aufsah, sei sie vor Schreck erstarrt und wie gelähmt gewesen, als sie sah, wie ich in Vaters Benz einstieg und offensichtlich die Handbremse gelöst haben musste. Der Wagen habe sich in Bewegung gesetzt und sei die Garageneinfahrt hinabgerollt, erst langsam, dann immer schneller, bis das Auto mit lautem Rumms ins Garagentor geknallt sei. Mutter sagte, erst da habe sich ihre Lähmung gelöst, sie sei die Kellertreppe hinuntergerannt und habe in der Garage die Beifahrertür des Autos aufgerissen. Weiß wie die Wand habe ich dagesessen und gesagt: »Is hab awwer delenkt.«

Vater hatte den Knall in der Firma auch gehört und kam gerannt. Mutter sagte: »Oswald, erschrick nicht, der Junge hat gerade deinen Mercedes ins Garagentor gefahren.« Vater schnaubte: »Der Saubub! Da fahre ich jahrelang keine Schramme, keinen Kratzer in den Lack, und der Kerl fährt mir den Wagen zu Klump!«

So bin ich früher als die meisten anderen Jungs schon Auto gefahren. Was sage ich da! Früher als alle bin ich gefahren. Wenn ich die Geschichte heute erzähle, staune ich, dass Vater mich damals »Saubub« genannt hat. Als ich Kind war, habe ich ihn nämlich eher als still und in sich gekehrt erlebt und später als verschlossen und depressiv. Heute denke ich: Wenn er doch nur öfter seinem Ärger Luft gemacht und nicht heruntergeschluckt hätte, wäre das besser für seine seelische Gesundheit gewesen.

Im Elternhaus, 1937 gebaut, wohne ich heute noch. Mein Baujahr war 1949, und im Juli 1950 bin ich zur Welt gekommen. Das von mir geschrottete Garagentor hat mein Vater reparieren lassen. Heute klemmt es manchmal, knarzt und quietscht und bei Hitze und schwülem Wetter stöhnt und ächzt es. Warum sollte es ihm besser gehen als mir!

. . .

Tobias bat mich, ihm das Foto noch einmal zu zeigen.
    »Echt! Ein toller Schlitten. Wenn der heute so da stünde, der wäre was wert.«
    »Ne Menge Geld wäre der wert«, bestätigte ich, »so viel, dass ein freier Künstler lange davon leben könnte.« Ich blätterte um, sah ein Foto mit zwei Schildern, und ich las.

. . .

Die Lust am Verbotenen

Im Fotoalbum meiner Eltern gibt es ein Foto, das meine Mutter im Juni 1956 bei der Sobernheimer Johanniskirmes aufgenommen hat: Am Zaun des Schiffschaukelstandes ist ein Schild zu sehen, auf dem steht: »Betrunkene & Unanständige haben keinen Zutritt«.

Mit meinen sechs Jahren wusste ich zwar schon, was Betrunkene waren und warum sie nicht schaukeln durften: weil sie im Suff aus dem Schaukel-Schiffchen hätten fallen und sich wer weiß was brechen können – oder weil sie »Bröckelcher gelacht« hätten, wie die Mundart es ausdrückt, was auf Hochdeutsch bedeutet: den Mageninhalt der Freiheit zu übergeben. Was aber waren Unanständige? Die mussten etwas Verbotenes im Schild führen, soviel war klar, sonst

würde man ihnen ja den Zutritt nicht verwehren, doch was konnte das Verbotene sein?

1956, mit sechs Jahren, habe ich das Rätsel noch nicht lösen können. Der entscheidende Durchbruch gelang mir erst 1958, als wir Katholiken im Jahr vor unserer ersten heiligen Kommunion zum Beichtunterricht gehen mussten, was mir zur Einsicht verhalf: Verboten ist, was interessant ist und Spaß macht. Die spannendsten Verbote hatten mit dem sechsten Punkt unseres Beichtspiegels zu tun, bei dem wir die folgenden zwei Fragen beantworten mussten: »Hast du Unschamhaftes gedacht oder getan? Warst du dabei allein oder mit anderen?« Dass ich dem Pastor in dem dunklen Beichtstuhl darüber Auskunft geben sollte, war mir denkbar unangenehm und peinlich, doch ist mir dadurch klar geworden, dass es einen Zusammenhang mit diesem Punkt des Beichtspiegels und dem Schild bei den Schiffschaukeln geben musste. Was man dort Verbotenes anstellen konnte? Nun wusste ich es plötzlich: Unanständige mussten Männer sein, die Frauen unter die Röcke sehen wollten, wenn sie beim Schaukeln hoch in die Luft flogen. Natürlich konnte man das auch von außerhalb des Schiffschaukelstandes tun, doch innerhalb des Standes war die Sicht besser, weil man näher an den Schaukeln und den Frauenröcken stand und der Blickwinkel günstiger war. Wer das bis dahin noch nicht gewusst hatte, jetzt wusste er es. Dieses Schild stieß einen ja förmlich darauf.

Es scheint schon immer so gewesen zu sein: Was verboten wird, muss interessant sein. Adam und Eva bekamen ja auch erst dann Lust, von den Äpfeln am Baum der Erkenntnis zu essen, als der Chef ihnen das strengstens verboten hatte. Sonst wären sie vielleicht nie auf die Idee gekommen. Was sie dadurch verlieren würden, ist ihnen erst klar geworden, nachdem sie achtkantig aus dem Paradies geflogen waren. Allerdings hatte der Chef keinen Zaun aus Latten, sondern einen aus Worten um den Baum herum errichtet.

Auf der anderen Seite hieß es wiederum, Adam und Eva hätten die Freiheit gehabt, sich zu entscheiden. Betrunken waren sie nicht. Zumindest steht in der Bibel nichts davon. Bleibt nur zu vermuten, dass sie unanständig waren. Und als sie merkten, dass sie splitternackt waren, sich genierten und ihre Blöße mit Blättern zu bedecken suchten, schon gab es etwas Neues, Spannendes: Was be-deckt wurde, ließ sich ent-decken, was ver-hüllt wurde, ent-hüllen.

Stellen Sie sich eine Schiffschaukel im Nudisten-Camp vor, wo die nackten Tatsachen frei herumbaumeln. Dort hätte es jeden Reiz verloren, Frauen unter die Röcke schielen zu wollen, wenn sie keine Röcke, ja rein gar nichts anhaben.

Heute stehen auf der Kirmes Mega-Schiffschaukeln mit Sitzplätzen für 50 Besucher, jeder Menge Hydraulik und Elektronik, grell und laut. Schiffschaukeln aus Holz für eine oder zwei Personen gibt es nicht mehr – und kein Plätzchen für Unanständige. Ich bin am Überlegen, ob ich nicht Abende bei den AU besuchen soll, den Anonymen Unanständigen. Ich bin ernsthaft am Überlegen.

. . .

Tobias lachte: »Vielleicht sollte ich mitkommen, weil ich bei meiner Schwester öfters durchs Schlüsselloch gelinst habe, wenn sie Besuch von ihrem Freund hatte.«

»Und hast du was gesehen?«, frage ich.

»Zuerst haben die zwei noch senkrecht auf der Tagesdecke des Bettes gesessen, dann folgten Küsse, die in wildes Knutschen übergingen. Aber irgendwie müssen sie mitbekommen haben, dass es einen Zuschauer vor der Tür gab, und da haben sie Niespulver durch's Schlüsselloch gepustet.«

»Hast du arg niesen müssen?«, fragte ich.

»Fünfzehn, zwanzig Mal bestimmt, wobei mich getröstet hat, dass die beiden selbst auch was abbekommen hatten, mehr als ich. Fünfzig Mal haben die geniest. Mindestens.«

Tobias sah auf die Uhr: »Halb sieben. In einer halben Stunde muss ich los. Mögen Sie morgen mitkommen, wenn ich die Samen der Hoffnungsblumen abhole?«

»Die gehören also zum realen Teil deines Frosch-Märchens?«

Tobias nickte: »So ist es.«

»Ja, da wäre ich gerne dabei«, sagte ich, »um wieviel Uhr willst du sie abholen?«

»So halb zehn, zehn hatte ich gedacht.«

»Dann lass uns sagen: Punkt halb zehn«, schlug ich vor, und Tobias bestätigte: »Punkt halb zehn im ›Blumenladen Sonnenblume‹, dann müssen wir nur noch was finden, wo wir die Samen aussäen.«

Ich dachte laut nach: »Ich könnte morgen früh meinen Freund Lars fragen, den Friedhofsgärtner. Jeden Tag um neun macht er Frühstückspause in seinem Kabäuschen auf dem Friedhof und isst dabei immer das Gleiche: ein Brot mit Holundergelee, den seine Frau für ihn kocht und danach einen Apfel. Ich kann mir vorstellen, dass er eine Idee hat, wo wir die Hoffnungsblumen aussäen können.«

»Na prima«, sagte Tobias, stand auf, verabschiedete sich und ging.

ZWEITER TAG

Lars' Ranch

Etwa 30 Schritte östlich von Leichenhalle und Friedhofska-
pelle steht das Totengräber-Häuschen, ein Raum mit drei
kleinen Anbauten. In dem einem hängen die Roben der Pfar-
rer für Beerdigungen, im anderen stehen die Werkzeuge der
Friedhofsgärtner, Schippen, Spaten und Rechen. Im Haupt-
raum gibt es einen Schreibtisch und vier Stühle, an der Wand
hängt ein Jahresplaner neben dem Pirelli-Kalender, der mit
Aktfotos für Autoreifen wirbt. Davon abgetrennt ist der
Raum mit den beiden Toiletten für Friedhofsbesucher, die
ein Bedürfnis verspüren. Ich nenne das ganze Idyll »Lars'
Ranch«.

Pünktlich um neun klopfte ich am nächsten Morgen an die
Metalltür der Ranch.

»Herein«, brummelte Lars. Ich zog die Coronamaske hoch,
betrat das Räumchen und setzte mich gut zwei Meter von Lars
entfernt auf einen der beiden freien Stühle, Lars gegenüber.

»Was führt dich her?«, fragte er.

Ich sagte: »In einer halben Stunde bin ich mit einem jungen Mann namens Tobias im »Blumenladen Sonnenblume«
verabredet, wo er Hoffnungsblumen-Samen abholen wird,

43

die er bestellt hat und aussäen will. Hast du eine Idee, wo er das tun könnte?«

Lars hatte seinen Apfel in acht Schnitze geteilt und schob den achten, der noch zwischen Taschenmesser und Daumen steckte, in den Mund und meinte dann: »Sonja ist es also tatsächlich gelungen, Hoffnungsblumen-Samen aufzutreiben. Seit Jahren habe ich diese Blumen nicht mehr hier gesehen.«

»Hoffnungsblumen auf dem Friedhof?«, fragte ich.

»Nachgemachte schon«, fuhr Lars fort, »Hoffnungsblumen aus Plastik sind in jedes dritte Gesteck und jede zweite Beerdigungsansprache eingearbeitet, aber echte? Echte sind echt selten.«

Er lachte über sein Wortspiel und erinnerte mich dabei an die Dame aus der »Pension zum Glück«, bei der das genauso gewesen war.

»Tobias hat erfahren, dass die Samen von einem gewissen Herrn Brummer geliefert würden«, sagte ich.

»Das hätte ich mir denken können, der hatte schon immer das, was alle anderen nicht hatten. Es gibt ihn also immer noch. Der muss doch inzwischen steinalt sein«, meinte Lars und schob sich den zweiten Apfelschnitz in den Mund.

»Kannst du mir einen Rat geben, wo Tobias die Samen aussäen könnte?«, fragte ich.

Lars aß den dritten Schnitz und sah mich an: »Magst du auch einen?«

»Ich will dir dein Frühstück nicht wegessen«, meinte ich, »aber wenn du mich so nett fragst, nehme ich gerne einen.«

Lars schob das Apfelbrettchen auf dem Schreibtisch in meine Richtung, und ich nahm mir einen Schnitz.

Lars kratzte sich an der Nase: »Also wenn ich heute was säen wollte, ginge ich zum Gottesbrünnlein. Dort haben die Kollegen von der Stadt vorgestern eine neue Wiese eingesät, nachdem sie die Erde umgegrubbert, mit Torf aufgelockert und wieder fein glatt geharkt haben. Dort werden die Hoffnungsblumen sprießen wie Harri.«

»Na also! Wer sagt's denn.« Ich nahm noch einen Schnitz, und Lars nahm auch noch einen. Dann stand ich auf und wollte mich verabschieden, als Lars noch etwas einfiel:

»Ihr könnt die Blumen aber auch mitten in der Stadt säen, im Marumpark. Dort ist auch ein Stück Rasen frisch eingesät worden, im hinteren Teil, zur Igelsbachstraße hin.«

Mit einer Kopfverneigung dankte ich: »Merci Monsieur!«

»Jetzt lass uns aber auch noch die letzten zwei Schnitze brüderlich teilen«, meinte Lars. Das taten wir.

»Ade, Bruder Lars«, sagte ich.

»Ade, Bruder Sebastian«, grinste Lars. Und ich ging.

o

Tobias wartete schon vor dem Blumenladen auf mich. Gemeinsam betraten wir das Geschäft, wo Sonja am Telefon eine Bestellung entgegennahm. Dann begrüßte sie uns. Aus einer ihrer tausend Schubladen zog sie eine unbeschriftete Tüte aus Pergamentpapier, die mich an meine Schulbrot-Tüten erinnerte: »Die Samen für die Blumen der Hoffnung – voilà.«

»Und Herr Brummer will wirklich nichts dafür haben?«, vergewisserte sich Tobias.

»Nein« antwortete Sonja, *»das will er nicht.«*

»Und darf ich Ihnen etwas für Ihre Mühe geben?«

»Nein, danke. Auch mir schuldest du nichts.«

»Dann sage ich herzlichen Dank, Frau Sonja!«

Wir verabschiedeten uns und waren schon am Gehen, als Tobias noch etwas einfiel: »Aber wenn die Hoffnungsblumen blühen, könnte ich Ihnen ja welche schenken.«

Sonja strahlte: »Das kannst du gerne tun. Als Floristin bekommt man niemals Blumen geschenkt. Kein Mensch kommt auf die Idee, dass ich mich genauso darüber freuen würde wie jede andere Frau auch, mein Mann nicht und auch sonst niemand. Keiner. Nie. Und jetzt soll ich sogar Hoffnungsblumen geschenkt bekommen.«

Als wir durch die Ladentür gingen, setzte sie nach:

» … und dazu noch von einem so freundlichen, jungen Mann.«

Tobias wurde knallrot. Ich lächelte und sagte zu ihm: »Herr Brummer schenkt Sonja die Samen, und sie schenkt sie dir. Du siehst, wie das Leben dich liebt: Der alte Brummer liebt dich, Sonja liebt dich – alle lieben Tobias.«

Tobias wehrte ab: »Ach Sie! Was Sie ›Liebe‹ nennen, scheint mir eher ›Nettigkeit‹ zu sein. Und überhaupt, wo gehen wir jetzt hin?«

»Ich schlage vor, zum Gottesbrünnlein.«

»Und wo liegt das?«, fragte er.

»Das liegt im südlichen Stadtwald, im Nachtigallental, nahe beim Freilichtmuseum und ist ein Wunschbrunnen, von dem die Sage geht: Trinken Frauen mit Kinderwunsch Wasser aus dieser Quelle, geht ihr Wunsch in Erfüllung, und weil auch noch ein Wunschbaum dort steht, nennen manche das Tälchen auch ›Tal der Wünsche‹.«

»Auf zum Gottesbrünnlein«, sagte Tobias.

»Let's went«, sagte ich.

Tobias sah mich verblüfft an: »Was haben Sie da gerade gesagt?«

»Let's went«, hab' ich gesagt, ein Gag aus einer amerikanischen Westernserie der 50er-Jahre mit Namen ›Cisco Kid‹. Bluesmusiker, mit denen ich als Roadie unterwegs war, haben das öfters mal gesagt und sich darüber schlapp gelacht. Und wenn ich mir vorstelle, ich hätte den Satz im Englisch-Unterricht gesagt, könnte ich mich auch schlapp lachen.«

»Klingt schön schräg«, bestätigte Tobias, und wir gingen los: durch die Felkestraße und über die Nahebrücke stadtauswärts, zum Parkplatz der Skoliose-Klinik, wo wir links abbogen und bis zur nächsten Weggabelung weitergingen.

»Jetzt kommt noch was Schräges«, sagte ich und betrat durch das offen stehende Tor eines mannshohen Metallzauns ein verwildertes Grundstück.

»Magst du mal kurz die Augen schließen und dich ein paar Schritte weit von mir führen lassen?«, fragte ich.

Etwas zögerlich folgte Tobias meiner Einladung, schloss die Augen und hakte sich bei mir unter. Ich führte ihn durch das Gelände, bis wir zu einer Luxusyacht kamen, die in Schieflage Richtung steuerbord im Gras lag. In ihrer Blütezeit musste sie ein Boot der Spitzenklasse gewesen sein, was auch nach den vielen Jahren, die sie hier vor sich hingegammelt sein musste, noch immer zu erkennen war: an der edlen Ausführung des Steuerrades, das in Richtung backbord hing.

»Du kannst die Augen wieder öffnen«, sagte ich. Tobias war fassungslos: »Wassendas? Das gibt's doch nicht! Ein Boot. Hier draußen, auf Land und mitten im Grünen. Und was für ein Boot. Ich fass es nicht.«

»Ich hab' auch Bauklötze gestaunt, als ich es zum ersten Mal sah«, sagte ich.

»Und wem gehört es? Wem gehört das Grundstück?«, wollte Tobias wissen.

»Keine Ahnung«, antwortete ich, »doch es dürfte nicht schwer sein, das herauszufinden.«

Wir folgten der linken Abzweigung des Weges und erreichten bald das Gottesbrünnlein. Inmitten einer Lichtung am Fuß eines Berghangs, von Laubbäumen umgeben, lag ein unscheinbarer Brunnen, so klein, dass er zu Recht den Namen »Brünnlein« trug. In einiger Entfernung stand das Wunschbäumchen, voller Zettel, die offen auf Äste gespießt waren oder, mit Schnur umwickelt, als Röllchen an den Ästen baumelten. Zwischen Brunnen und Baum war ein Areal mit rotweißem Plastikband abgesperrt, das im Wind knatterte. Das Band grenzte ein umgegrabenes Stück Erde ein, das wieder glatt geharkt worden war. Hinter dem Brunnen war in den Berghang mannshoch eine halbrunde Wand gemauert, vor der eine Sitzbank aus Holzbohlen dem Halbrund folgte.

»Ein guter Ort, sich niederzulassen und zu trinken, wenn man durstig ist«, sagte Tobias, »und ich bin durstig.«

»Ich auch«, sagte ich. Wir tranken Quellwasser, klar und kühl, aus unseren Händen, die wir zur Schale geformt hatten.

Tobias meinte: »Da wir keine Frauen mit Kinderwunsch sind, werden wir wohl auch nicht schwanger werden.«

»Wie beruhigend«, sagte ich, zog das Blaue Buch aus der Jackentasche und sah Tobias an: »Soll ich?«

Tobias nickte: »Let's went.«

So las ich die nächste Geschichte.

. . .

Meine Lehrer und ich

Als ich das Lehrerfoto sah, das mein Bekannter Paul auf Facebook gepostet hatte, freute ich mich, zehn meiner Lehrer wiederzusehen, die mich von 1961 bis '69 am »Staatlich Neusprachlichen Gymnasium Sobernheim« unterrichtet hatten, wie das »Emanuel-Felke-Gymnasium« damals hieß. Das Foto löste Erinnerungen und Gefühle aus. »Positive und negative Erinnerungen und Gefühle«, hatte ich zuerst schreiben wollen, doch dann musste ich feststellen, dass ich keine negativen Gefühle hatte.

Seltsam. Von unserm letzten Klassetreffen war mir in Erinnerung geblieben, dass einer meiner Mitschüler einem unserer Lehrer gegenüber solch negative Gefühle hegte, dass er sich geschworen hatte, Zeit seines Lebens die Schule nicht mehr zu betreten. Warum war das bei mir nicht so? Schlechtes Gedächtnis? Altersmilde?

Ich war heute älter als jeder Lehrer auf dem Foto und meine Lebenserfahrung hatte mich gelehrt, zu denen aufzuschauen, die gute Pädagogen waren und dankbar zu sein für das, was ich von ihnen gelernt hatte. Dabei war ihr Fachwissen eher von zweitrangiger Bedeutung, die Haltung, die sie vorlebten, war es, was zählte.

Und die anderen, mit denen ich nicht so gut konnte und sie nicht mit mir? Waren da keine negativen Erinnerungen und Gefühle? Erinnerungen schon, die ich auch hätte abrufen können, wenn ich gewollt hätte, aber wozu? Habe ich doch alles, das mir bei ihnen missfallen hat, irgendwann an mir selbst entdeckt.

Ein Beispiel. Einmal hatte einer unserer Lehrer, den ich hier »Brakel« nenne, unseren Mitschüler Horst brutal geohrfeigt. Und was habe ich getan, als ich 1970 im Alter von 20

Jahren acht Wochen lang als Betreuer im Saint John's Fresh Air Feriencamp für Kinder in Tomkins Cove im Staat New York gearbeitet habe? Wenn meine amerikanischen Kollegen, die auch als Helfer dort arbeiteten, Kinder bestraften, zum Beispiel wenn die Kinder verbotene, »schmutzige Wörter« wie »motherfucker« gesagt hatten, steckten sie den Kindern ein Stück Seife in den Mund und hielten ihnen den Mund zu. »I'm washing your mouth out with soap«, hieß das.

Einmal, als die Kinder mir so auf der Nase herumtanzten und nichts von dem befolgten, was ich gesagt hatte, wusste ich mir nicht anders zu helfen als mir einen Jungen zu greifen und ihm ein Stück Seife in den Mund zu stecken. Der arme Kerl hat bitterlich geweint. Jahrzehntelang habe ich mich in Grund und Boden dafür geschämt, auch deshalb, weil ich kurz zuvor Alexander Sutherland Neills Buch »Antiautoritäre Erziehung in Summerhill« gelesen hatte und davon begeistert war. Und dann tat ich so etwas!

Manchmal ist es schwerer, sich selbst zu verzeihen als anderen, doch habe ich es geschafft, nachdem ich auf eine alternative Übersetzung des Christlichen Liebesgebotes gestoßen war, die da lautet: »LIEBE DEINEN NÄCHSTEN, DENN ER IST WIE DU.« Der Satz hat mir geholfen, mich davon zu befreien, andere zu verurteilen, und er hat mir geholfen, mir selbst zu verzeihen.

. . .

Tobias rekapitulierte: »Moment mal, da hatten Sie gerade ein Buch über Pädagogik gelesen, das Sie begeistert hat, und dann waren Sie so unter Druck, dass Sie sich total entgegengesetzt verhalten haben. Knüppelhart!«

»Das war wirklich knüppelhart«, sagte ich. »Als ich im Camp eintraf, erfuhr ich, dass Jane Porter, die Lagerleiterin, mich meiner Zeugnisse wegen zum »Head Counselor« eingesetzt hatte, zum Obermufti aller männlichen Betreuer, was sie allerdings am dritten Tag schon korrigierte, indem sie mich zum einfachen Betreuer zurückstufte und stattdessen den Amerikaner Tommy zum ›Head Counselor‹ beförderte, der schon als Kind seine Sommerferien in diesem Camp verbracht hatte und so alle Gesetze des Lagerlebens kannte, die geschriebenen und die ungeschriebenen. Meine Degradierung war mir einerseits peinlich, doch war ich auch erleichtert, dass die Last des ›Head Counselors‹ von meinen Schultern genommen worden war.«

Als ich im Blauen Buch weiterblätterte, sah ich ein Foto des Mannes, der vor über 50 Jahren mein Deutschlehrer gewesen war, und ich las.

. . .

Mein lieber Schwan

1964 war ich 14, besuchte die Untertertia des Staatlich Neusprachlichen Gymnasiums Sobernheim, und mein Deutschlehrer war Dr. Wilhelm Bleyer, Spitzname »der Schwan«. Heute heißt die Schule »Emanuel-Felke-Gymnasium«, unser Städtchen darf sich mit dem Bad-Titel schmücken, und statt Untertertia sagt man »achte Klasse«.

Mein Freund Stefan Stenzhorn war auch Schüler Dr. Bleyers und erinnert sich so an ihn: »Er kam zur Tür herein, legte seine lederne Aktenmappe aufs Pult, lupfte sein Hosenbein am Knie, ließ sich mit einer Pobacke auf dem Pult nieder,

hob die rechte Hand mit gestrecktem Zeigefinger in die Höhe
und begann seinen Unterricht mit dem Wort: ›Herrschaften‹«.

Vom ersten Schultag an hatte ich das Fach »Deutsch« geliebt. Unsere erste Deutschlehrerin am Gymnasium, 1961
in der Sexta, hieß »Gunhilde Sepmeier« – wir nannten sie
»Seppi«. Sie wiederum redete unseren Mitschüler Kurt Eng-
wer liebevoll mit »Kürtchen« an. Seppi war rotblond und
hatte einen stattlichen Damenbart, was meiner Liebe zu ihr
keinen Abbruch tat. 1963, in der Quarta, wurde sie von Dr.
Bleyer als Deutschlehrer abgelöst, dessen Nachfolgerin in
Deutsch nach wiederum zwei Jahren Else Löns wurde, die
Lieselotte Engelke als unsere Klassenlehrerin ablöste und uns
in Deutsch und Französisch zum Abitur geführt hat.

Als ich mit 14 in die Untertertia ging, teilte Dr. Bleyer eines Tags die Klassenarbeitshefte aus und stellte uns als Auf-
satzthema: »Wie ich mir mein Zimmer einrichten würde«.
Ich saß da, überlegte hin und her, doch irgendwie ging das
Thema nicht an mich. Ich fand es stinklangweilig, zu be-
schreiben, wie ich mir mein Zimmer einrichten würde, bis
mir eine Zeitungsmeldung einfiel, in der gestanden hatte,
die Hollywood-Schauspielerin Jayne Mansfield würde in
einem rosa Bett in Herzform schlafen.

Ich dachte: Wenn ich mir für diesen Aufsatz in der
Phantasie auch ein rosa Bett in Herzform zulege, könnte
ich meine Perspektive so ummodeln, dass nicht ich als Sebastian mir mein Zimmer einrichte, sondern ich als die
personifizierte Geschmacklosigkeit, deren Zimmer so aus-
sähe: Alles wäre in babyrosa gehalten: die Plüschtapeten,
die Flokati-Teppiche, und überm Bett in Herzform würde
ein Riesen-Ölgemälde hängen, das John F. Kennedy, im
Knien betend und mit Heiligenschein zeigt … und noch
ein paar andere Geschmacklosigkeiten mehr.

Im Rückblick kann ich sagen: »Dieser Aufsatz war meine erste Satire. Dadurch, dass ich mich in eine Phantasiefigur hineinversetzt hatte, war mein Text aus der Realität in die Fiktion gewandert, war zur Satire geworden. Für mich war das glasklar, und ich dachte, allen Lesern müsste das ebenso klar sein. Leider war es nicht allen Leser ebenso klar, zumindest Dr. Bleyer nicht, der unter meinen Aufsatz schrieb »Thema verfehlt. Vier minus.«

»Gerade noch«, hatte er mündlich ergänzt, ich vermute, aus Sympathie. Er hätte mir ja auch eine Fünf oder Sechs geben können. Auf meine Schrift habe ich dann aber doch noch eine »Drei plus« bekommen. Immerhin!

Jahrzehntelang habe ich nicht mehr an Dr. Bleyer gedacht, bis ich jetzt, nach über 50 Jahren, wieder in Kontakt mit seiner Tochter Irmhild gekommen bin, die alle guten Erinnerungen an ihren Vater in mir wachgerufen hat, sodass ich meinen Text ohne Zögern »mein lieber Schwan« nennen konnte.

. . .

Tobias schüttelte den Kopf: »*Und das gab's wirklich: ein Ge-*
mälde vom kniend betenden Kennedy mit Heiligenschein?«

»Ja«, bestätigte ich, »*mit eigenen Augen habe ich das Foto*
gesehen, in einem der drei Fotobände ›Weltausstellung der
Fotografie‹, die meine Eltern besaßen.«

»Unfassbar! Ist die nächste Geschichte auch so ein Ham-
mer?«

Als ich umblätterte, machte Tobias einen langen Hals, um
das Foto sehen zu können und fragte dann: »*Wer ist denn*
die tolle Frau?«

»Das ist die Tochter vom Schwan«, sagte ich – und las.

. . .

Die Pädagogik der Liebe

Die jüngste Tochter meines Deutschlehrers Dr. Bleyer heißt
Irmhild und ist drei Jahre älter als ich, und als ich in das
Alter kam, in dem die Jungen anfingen, nach den Mädchen
zu schauen, ist sie mir ins Auge gesprungen, so bildhübsch
wie sie war. Zwar gab es auch noch andere attraktive Schü-
lerinnen, doch sie hatte ein so liebes Wesen und war kein
bisschen eingebildet, dass ich mich bis unter die Haarspit-
zen in sie verknallte. Natürlich hatte ich keine Chance bei
ihr, weil Mädchen ihres Alters an Gleichaltrigen oder Äl-
teren interessiert sind, nicht an Jüngeren. So hat sich unser
Kontakt auf das beschränkt, was über alle Altersschranken
hinweg möglich war: miteinander lachen, wenn man sich
begegnete, sich guten Tag und guten Weg wünschen, und
den Rest hat man sich geträumt … ich jedenfalls. So habe

ich Irmhild in Erinnerung behalten, als ich sie bei ihrem Abitur 1966 zum letzten Mal sah.

Irgendwann sagte meine liebe Freundin Friederike zu mir: »Weißt du eigentlich, dass Irmhild und ich nur eine Klasse auseinander waren und bis zum heutigen Tag miteinander befreundet sind?«

Nein, das hatte ich nicht gewusst, bat Friederike aber gleich, Irmhild von mir zu grüßen. Ab da war es nur eine Frage der Zeit, bis auch ich wieder Kontakt zu ihr hatte, erst einmal per E-Mail. Auf meine Frage, was sie seit dem Abitur gemacht hätte, schrieb sie mir:

»Lieber Sebastian, ich habe 32 Jahre lang Grundschulkinder unterrichtet, in Koblenz, in Gau-Bickelheim und hier in Mainz. Außer Musik habe ich alle Fächer erteilt. Oft habe ich Klassen vom ersten bis zum vierten Schuljahr geführt. Das fand ich gut, weil in vier Jahren ein Vertrauensverhältnis entstehen konnte. Ich kannte die Schüler, und sie wussten, wie die Lehrerin tickt! Der Abschied nach vier Jahren fiel mir immer sehr schwer. Die Arbeit mit den Kindern hat mir Freude bereitet, ich habe auch viel von ihnen gelernt. Einmal wollte ich einen Schüler korrigieren und ihm meinen ›richtigen‹ Weg zeigen, da sagte Manuel zu mir: ›Aber Frau Ottweiler, das ist doch so und so, und ich muss das deshalb so machen!‹ Und Manuel hatte recht: Aus seiner Sicht war sein Weg richtig. Seither habe ich immer mehr auf die Kinder gehört.

Einmal hatte ich ein erstes Schuljahr mit nur einem deutschen Kind. Die anderen 25 Schüler kamen aus 12 verschiedenen Nationen, zwei sprachen kein Wort Deutsch! Ich weiß gar nicht mehr, wie ich das damals geschafft habe. Eines Tages besuchte der Funktionär eines Berufsverbandes unsere Schule, und die Schulleiterin stellte mich vor als Lehrerin der

Klasse mit den Schülern aus den vielen Nationen. Der Funktionär fragte: ›Wie schaffen Sie das?‹ Auf diese Frage war ich nicht vorbereitet. So antwortete ich spontan ›Mit Liebe!‹

Zu Beginn meiner Arbeit freute ich mich, wenn mehr Mädchen als Jungen in der Klasse waren, es war leichter zu unterrichten. Später fand ich den Umgang mit Jungen interessanter, besonders wuchsen mir die schwierigen ans Herz. Herzliche Grüße Irmhild«

Irmhilds Antwort ›mit Liebe‹ erinnerte mich: 1969 in der Düsseldorfer Notunterkunft Tichauer Weg hatte ich selbst erfahren, was Kinder mir zurückgaben, denen ich mit Liebe begegnete.

Im März 2020 wollten Irmhild und ich uns wiedersehen, was vom ersten Corona-Lockdown verhindert wurde. Am 9. Juli war es dann soweit: Als ich sie nach 54 Jahren wiedersah, war es ganz schön aufregend, schön und aufregend, zu erleben, wie jugendliche Verliebtheit zu Freundschaft wird, zu einer Freundschaft, die Irmhilds Mann Ottwilm mit einschließt, einfach schön: einfach und schön!

. . .

Tobias sagte: »Da kann man nur hoffen, dass alle Lehrer so wären!«

Ich antwortete: »A propos ›hoffen‹: Liebe scheint mir auch der beste Dünger für Blumen der Hoffnung zu sein. Was hältst du davon, sie jetzt auszusäen?«

Tobias schloss für einen Moment die Augen, bevor er antwortete: »Fühlt sich gut an, fühlt sich an, als ob der richtige Moment gekommen wäre. Doch ich würde gerne zusammen mit Ihnen aussäen, und ich überlege, ob wir alle Samen hier aussäen sollen. Was meinen Sie?«

Ich antwortete: »Gerne säe ich die Blumen der Hoffnung zusammen mit dir aus, und wenn du noch welche übrig lässt, könnten wir sie morgen mitten im Städtchen säen, für alle sichtbar.«

»So machen wir das«, sagte Tobias, zog die Pergamenttüte aus seiner Jackentasche und streute zuerst mir und dann sich selbst einen Teil der Samen auf die Hand, wir gingen

*zu dem abgesperrten Areal, stellten uns mit dem Rücken
zum Wind und Tobias zählte: »Eins ... zwei ... und ... »,
bei »drei« warfen wir die Samen in die Luft und überließen
es dem Wind, sie zu verteilen. Dann gingen wir zurück zu
unserem steinernen Thron, und ich sagte: »Lass uns noch
eine Geschichte lesen und dann etwas essen gehen.«*

»Guter Plan!«, sagte Tobias. Und so las ich.

...

Die Liebe zum Leben

Im April hatte ich in meinem Outdoor-Office auf der Terrasse
ein Gespräch mit dem 28-jährigen Enrico Angelucci, den ich
kenne, seit ihn seine Mutter auf dem Kindersitz ihres Fahr-
rades sitzen hatte. 2012 war ich näher in Kontakt mit ihm
gekommen, als er mich fragte, ob ich ihm helfen könne, einen
Verlag für das Buch zu finden, das er geschrieben habe. Seine
Frage berührte mich dreifach: Ich war selbst auf Verlagssu-
che, ich kannte die heilende Wirkung des Schreibens, und
ich mochte Enrico. So las ich, was er geschrieben hatte und
riet ihm, mit einer Veröffentlichung zu warten, bis er mehr
Abstand zu dem biografischen Stoff seiner Erzählung hätte.

Als der Journalist Stefan Munzlinger 2014 eine Reportage
über die Renovierung der Katholischen Kirche schreiben
wollte, hatte der Messdiener Enrico die Idee, die Fakten
für den Artikel vorab zusammenzustellen. Das tat er so
gewissenhaft und vollständig, dass der Journalist beein-
druckt fragte, ob Enrico nicht regelmäßig für die Zeitung
schreiben wolle. Er wollte.

Eine Veranstaltung, über die er ab Januar 2015 jeden Monat berichtete, war die Sobernheimer Runde, ein Gesprächskreis, den ich redaktionell vorbereite und moderiere. Vor der 100. Runde fragte ich Enrico: »Welchen Gast könnte ich zur Jubiläumsrunde einladen?«

»Lade doch dich selbst ein«, war seine Antwort.

Ich sagte: »Wenn du das Gespräch moderierst, dann tue ich das.«

Enrico moderierte souverän und humorvoll. Kein Wunder! Schließlich hatte er zwischenzeitlich im Fernstudium die Ausbildung zum Journalisten und in Frankfurt die Ausbildung zum Fernsehmoderator gemacht. Da passte es, dass der Fernsehmoderator Jens Hübschen und die Fernsehredakteure Rolf Hüffer und Ekkehardt Gahntz Gäste der Sobernheimer Runde waren. Bei allen habe ich versucht, Türen für Enrico aufzustoßen, damit er eine Chance beim Fernsehen bekäme.

Nach zwei Jahren vergeblichen Versuchens, machte er bei einer zufälligen Begegnung mit der Klassenlehrerin der Kreuznacher Kleistschule einen Termin für ein längeres Treffen mit ihr aus. 2010 hatte Enrico dort sein Freiwilliges Soziales Jahr absolviert, und er erinnerte sich daran, wieviel ihm die Arbeit mit Kindern bedeutet und gegeben, wie heilsam er sie erlebt hatte.

Als er nach dem Treffen mit der Lehrerin nach Hause kam, konnte er nicht schlafen, weil ein Gedanke ihn nicht losließ: »Warum gebe ich den Kindern nicht das zurück, was sie mir geschenkt haben?« Nebenher löste er ein Kreuzworträtsel. Das Lösungswort »Neuanfang« traf ihn wie eine Erleuchtung und brachte ihn zu dem Entschluss: »Wenn es mit dem Fernsehmoderator partout nicht klappen will, mache ich eine Ausbildung zum Kinderkrankenpfleger.«

Gesagt – getan. Enrico schrieb Bewerbungen. Sein zweites Bewerbungsgespräch war in dem großen Krankenhaus im Idar-Obersteiner Stadtteil Göttschied. Danach sprach ihn ein Krankenpfleger, Mitglied im Entscheider-Gremium, an: »Haben Sie nicht die 100. Sobernheimer Runde moderiert? Mir als Besucher hat sehr gut gefallen, wie Sie das gemacht haben.«

Enrico musste im Anschluss an das Gespräch noch ein Formular ausfüllen. Kurz darauf kam eine Ärztin aus dem Gremium zu ihm und meinte: »Sie waren gut vorbereitet, eloquent und sympathisch und haben uns so gut gefallen, dass wir Ihnen den Ausbildungsplatz geben wollen!«

Enrico meinte zu mir: »Da hast du alle Hebel in Bewegung gesetzt, alles getan, um mir beim Fernsehen weiterzuhelfen und hast mir, ohne es zu wollen, bei meinem Vorstellungsgespräch dadurch geholfen, dass mich einer der Entscheider bei der Sobernheimer Runde als Moderator erlebt hatte.«

Ich sagte: »Enrico, solche Geschichten kann nur das Leben sich ausdenken. Die interessieren mich, und die schreibe ich auf!«

. . .

»Müssen wir zum Essen in die Stadt zurücklaufen?«, fragte Tobias.

»Lass dich überraschen«, antwortete ich und führte Tobias durch den Wald, den leicht ansteigenden Weg bergan und dann wieder bergab ins Nachbartal, zur Gaststätte des Freilichtmuseums. Wir setzten uns auf zwei Bänke davor, und die Wirtin brachte uns die Speisekarte.

»Ich möchte dich gerne einladen«, sagte ich. Tobias trank ein Weizenbier und aß ein Museumsschnitzel mit Käsesauce,

Trauben und Pommes, ich trank einen Radler und aß ein Kohlrabischnitzel mit Jägersoße und Pommes.

Als Tobias nach dem Essen zwei Cappuccino bestellte, sagte er bestimmt: »Die zahle aber ich.«

Ich nickte, und Tobias fuhr fort: »Ich möchte Sie etwas fragen: Warum stehen jetzt gerade diese Geschichten neu in Ihrem Blauen Buch? Was meinen Sie?«

Nach einer Weile des Überlegens antwortete ich: »Ich kann mir folgenden Grund vorstellen. Schau mal, die Geschichten gestern handelten von meiner Kindheit und Jugend, von dem, was mich als Kind geprägt hat, was ich mitbekommen habe, sowohl an Fürsorge und Liebe, als auch an Druck und an Einschränkungen, zum Beispiel durch den Psychoterror und die Seelenwäsche des Beichtenmüssens. All das bildet das Fundament, auf dem mein Lebenshaus steht.

Die ersten drei Geschichten heute Vormittag hatten meine Jugendzeit im Fokus: die prägenden Jahre auf dem Gymnasium, die Entdeckung und das Angezogenwerden durch das andere Geschlecht, die Erotik der Mitschülerinnen, die Erfahrung ersten Verliebtseins und die daraus folgende Weitung und Öffnung der eigenen Welt auf ein Du hin. Bei der letzten Geschichte gerade eben waren die Rollen dann so gewandelt, dass ich als Erwachsener den Jugendlichen Enrico bei seiner Entwicklung begleiten und unterstützen konnte.«

Tobias hatte den Kopf auf beide Arme aufgestützt, seine Augen waren klein geworden, und auch ich war nach dem Essen müde, trotz des Cappuccinos, den Tobias geordert hatte, und so schlug ich vor: »Lass uns ein Stück gehen, am besten bergauf. Die Bewegung macht uns wieder munter.«

»Gehen … okay, aber bergauf? Könnten wir nicht auch bergab gehen?«, nuschelte Tobias, doch dann erhob er sich und wir folgten dem Rundweg, der von der Museumsgaststätte *aus über eine Streuobstwiese in Serpentinen zum Hunsrück-Nahe-Dorf auf der Höhe des Hügels führt. Zielsicher strebte Tobias zur ersten Bank, die uns in den Blick kam, vor einem scheunenartigen Gebäude, dem ›Winterburger Tanzsaal‹, wie aus der Beschilderung hervorging. Dort verschnauften wir. Hauptsächlich ich. Ich sah Tobias an, dass ihn etwas beschäftigte. Nachdem ich wieder zu Atem gekommen war, fragte ich: »Magst du mir sagen, was dich beschäftigt?«*

»Also, das ist so«, begann Tobias, »hier im Museum werden alte Häuser, Scheunen, Schmieden, Töpfereien und andere Werkstätten wiederaufgebaut, damit man sehen kann, wie die Menschen früher gewohnt, gearbeitet und gelebt haben. Richtig?«

»Richtig«, bestätigte ich.

»Und jetzt frage ich mich, ob Ihr Blaues Buch nicht auch so eine Art Museum ist, nicht für Häuser, Werkstätten und Scheunen, sondern für Menschen, für deren Miteinander, dafür, wie sie miteinander umgehen und füreinander sorgen, kurz gesagt: Wie sie ihr Leben leben, wie sie die Liebe leben – oder eben nicht leben.«

»So hab' ich das noch nie gesehen, aber der Gedanke gefällt mir. Vielleicht findest du einen Weg, eines Tages eine Geschichte für dein Buch daraus zu machen, vielleicht wird sogar eines mit einem Dialog zwischen deinen und meinen Geschichten daraus.«

»Und in welchem Verlag könnte das Buch erscheinen?«

»Was hältst du vom ›Blauen-Buch-Verlag‹?«, fragte ich.

Tobias schüttelte den Kopf: »Zu altbacken. Außerdem versteht das in Amerika keiner. Wie finden Sie ›Blue Man Books‹?«

»›Blue Man Books‹? Hmmm … klingt mystisch … romantisch … irgendwie spannend.«

»Sehen Sie!«, sagte Tobias, »und in der Zwischenzeit hat mein Magen soviel Blut freigegeben, dass ich für die nächste Geschichte bereit bin.«
Und so las ich.

. . .

Der mit dem Schlüsselbund

In Amerika hängen Kinder am Vorabend des Nikolaustages einen Strumpf für Santa Claus an die Tür, oder sie stellen einen Stiefel davor, und am nächsten Morgen sind Strumpf oder Stiefel mit Äpfeln, Nüssen und Lebkuchen gefüllt. Mein Nikolaus heißt »Santa Peter« und weiß gar nicht, dass ich ihn so nenne. Bestimmt wäre ihm das auch gar nicht recht. Deshalb rede ich ihn lieber mit seinem richtigen Namen an: Peter Klußmeier.

Der römische Komödiendichter Titus Plautus schrieb: »Homo homini lupus – der Mensch ist des Menschen Wolf«. Ein afrikanisches Sprichwort hingegen lautet: »Der Mensch ist die Medizin des Menschen«. Ich bin immer wieder Menschen begegnet, die Medizin für mich waren. 2007 spürte ich, wie ich den Boden unter den Füßen verlor und in eine Depression glitt. Ich fühlte mich immer mutloser. Als auch noch mein Anrufbeantworter den Geist aufgab, rief ich Peter Klußmeier an, denn außer dass er mein Freund ist, ist er auch noch Elektromeister.

Eine Viertelstunde später war er da und nahm den Patienten in Augenschein (den Anrufbeantworter, nicht mich). Nach einer Weile schüttelte er den Kopf: »Der hat's hinter

sich.« Ich dachte: Ach, hätte ich's doch auch schon hinter mir – und sagte: »Auch das noch! Und jetzt?«

Als ich einmal mit Peters Bruder Dieter sprach, meinte der: »Wenn Peter sagt, ›das Ding hat's hinter sich‹, kann man absolut sicher sein, dass es nicht mehr zu reparieren ist, denn Peter liebt nichts mehr, als Dinge wieder zum Laufen zu bringen … vielleicht ja auch Menschen. Wie hat er das denn bei dir gemacht?«

Ich sagte: »Als ich fragte ›und jetzt?‹, hat er darauf geantwortet: ›Ganz einfach, wir setzen uns in mein Auto, fahren nach Kreuznach und kaufen einen neuen Anrufbeantworter.‹«

Und so haben wir's gemacht. Unterwegs und beim Einkauf im Elektronikmarkt hat Peter mich so zum Lachen gebracht, dass ich diese Fahrt nie vergessen habe – und den Anrufbeantworter von 2007 habe ich heute noch.

Doch damit war die Sache noch nicht zu Ende. Am nächsten Tag kam Peter zu mir und drückte mir ein blaues Blechdöschen in die Hand, gefüllt mit kleinen, runden Pfefferminztabletten, auf dem Deckel ein Cartoon von Uli Stein: Zwei Mäuse mit einem Wanderstab stehen am Fuß eines steilen Bergs. Die erste Maus strahlt und sagt: »Na bitte, es geht wieder aufwärts!« Der zweiten Maus hängt die Zunge aus dem Hals. Außer Puste und nassgeschwitzt stöhnt sie: »Auch das noch!«

Dieser Dialog brachte mein Lebensgefühl so genau auf den Punkt, dass ich lachen musste. Bekanntlich ist das ja die beste Medizin: ohne Risiken und Nebenwirkungen, zu denen man seinen Arzt oder Apotheker befragen müsste. Wer andere zum Lachen bringt, hält den vielleicht wichtigsten Schlüssel zu ihnen in der Hand, und Peters Schlüsselbund ist riesengroß.

Macht er das, weil er die Menschen liebt? Die Formulierung würde er weit von sich weisen. Aber den Inhalt? Gut, wenn einer die Menschen liebt, schließt das ja nicht aus, dass er manchmal seine Späße über sie macht oder über sie lästert. Auch über mich. Doch eins steht fest: Nirgendwo gibt es Strümpfe oder Stiefel, die groß genug wären, all das zu fassen, was mein Freund Peter mir geschenkt hat und weiterhin schenkt.

. . .

Tobias meinte: »Einen ›Menschen wie Medizin‹ brauchen wir alle als Freund. So einen hat man aber wohl nur einmal im Leben. Oder?«

Ich blätterte um und sah die Abbildung eines Termin-zettels, und weil es noch gar nicht lange her war, dass ich diese Geschichte erlebt hatte, erinnerte ich mich so gut an sie, dass ich zu Tobias sagte: »Dann hör dir mal die nächste Geschichte an.«

. . .

Mein Termin am 20.2.2020

Nein, ich wollte am 20.02.2020 nicht heiraten! War ich doch bis dahin ohne ausgekommen, wollte ich es auf meine alten Tage nicht mit Biegen und Brechen erzwingen. Außerdem hätte ich an dem Tag sowieso keinen Termin beim Standesamt bekommen. An Schnapszahl-Tagen heiraten so viele Paare, weil sich Hochzeitstage mit solch einem Datum leichter merken lassen als beispielsweise der 27.10.1984.

Obwohl der 24.11.2004 kein Schnapszahl-Tag war, habe ich ihn nie vergessen, weil ich an dem Tag Martina Jacob zum ersten Mal begegnet bin. Im Amtsblättchen hatte gestanden: »Im Haus des Gastes beginnt ein neuer Qi Gong-Kurs unter Leitung von Dr. Martina Jacob, Ärztin für westliche und östliche Naturheilverfahren. Qi Gong wird Tschi Gung ausgesprochen und ist eine uralte chinesische Technik zur Erweckung der Energie durch langsame Bewegungen, gut für Blutdruck und Immunsystem, gut gegen Stress und Verspannungen.«

Ich dachte: Schau es dir mal an, ob es für dich passt. Und es hat gepasst. Vom ersten Moment an spürte ich, wie gut es mir tat, was zum einen wohl an den langsamen chinesischen Bewegungen lag, die Martina Jacob uns beibrachte, aber zum zweiten lag es daran, wie sie es uns beibrachte, an ihrer Art zu unterrichten, ihrer Präsenz, ja an ihrer ganzen Art zu sein.

Das habe ich noch intensiver erfahren, als ich mich wegen meiner jahrzehntelangen, heftigen Migräneattacken bei ihr in ärztliche Behandlung begab. Ihre Homepage hat sie nach ihrer Behandlungsmethode genannt: www.zeit-fuer-patienten.de

Eine Behandlung läuft so ab, dass wir ein Gespräch von etwa 20 Minuten führen, in dessen Verlauf ich erzähle, was mir fehlt, sowohl körperlich als auch seelisch. Manchmal muss sie kaum etwas sagen, und es geht mir schon besser, wenn erst einmal alles raus ist. Wenn ich mich ausgesprochen habe, geht's mir ausgesprochen gut.

Martina Jacob versteht es, empathisch zuzuhören, sodass ich mich wahrgenommen weiß, mich verstanden fühle, bejaht, ja mehr noch: dass ich mich angenommen, und noch stärker: dass ich mich geliebt fühle, nicht so wie ich gerne wäre, sondern so wie ich bin. Was sie sagt, hat Hand und Fuß. Oft stellt sie nur eine Frage und trifft genau den Punkt. Nach dem Gespräch lege ich mich auf die Liege, und sie setzt mir Akupunkturnadeln an Ohren, Kopf, Armen,

Beinen und Füßen. Dann ruhe oder schlafe ich eine halbe Stunde, die Nadeln werden entfernt und der nächste Termin ausgemacht.

Meine Migräne ist inzwischen geheilt. Heute werde ich genadelt zur Behandlung meiner Verspannungen im Rücken und wegen meiner Herzschmerzen. Einmal, als ich sehr niedergeschlagen war, hat Martina Jacob mich in den Arm genommen und gedrückt. Weil ich damals an der Krankheit Einsamkeit litt, hat mir das unendlich gut getan. In den Arm nehmen und drücken steht in keinem Therapieplan der Welt, und viele Ärzte würden sich mit Händen und Füßen dagegen wehren, es zu tun. Dabei täte es den Patienten so gut – und den Ärzten auch. Für manchen Patienten und bei mancher Krankheit ist es einfach die beste Medizin. Ärzte, die das intuitiv spüren, sind unendlich kostbar.

. . .

Tobias sagte: »Das würde mir auch gut tun: eine schöne Ärztin, die mich in den Arm nimmt und drückt.«

Als ich umblätterte und das Foto von André Borsche mit dem Kind im Arm sah, beide in innigem Lächeln verbunden, sagte ich: »Hier ist noch eine Geschichte von einem Arzt, der wie Medizin ist.«

. . .

Was im Leben zählt

Als Schuljunge wollte ich Urwaldarzt werden, einer wie
Albert Schweitzer. Das war mein Held. Was er tat, wollte
auch ich tun: Menschen helfen, die wirklich Hilfe brauch-
ten, sie heilen. Nach dem Abitur begann ich ein Medizin-
studium, kam aber nicht weit, da ich bald merkte, dass ich
nicht in lebendes Fleisch schneiden konnte, aus dem dann

Blut quoll. Da wäre ich umgekippt. Wollen und Können klafften auseinander. Ich bin dann den Weg des Künstlers gegangen: vom Bluesmusiker zum Sänger hochdeutscher Lieder, Autor von Märchen, Sketchen und einer wöchentlichen Kolumne in der Tageszeitung.

Vor einiger Zeit bin ich Dr. André Borsche begegnet, der das lebt, was ich hatte leben wollen. Von Beruf Arzt für Plastische Chirurgie im Krankenhaus der Kreuznacher Diakonie, operiert er in seiner Freizeit für den Verein »Interplast« Menschen überall auf der Welt, ob in Indien, Peru, Tansania, Bangladesh oder an der syrischen Grenze. Er operiert Kinder mit Lippen- Kiefer- und Gaumenspalten, stellt nach Verbrennungen und Verstümmelungen Gesichter wieder her und befreit Menschen an Armen und Beinen von Narben, die sie in der Bewegungsfreiheit einschränken. Vielen konnte er wieder zu normaler Beweglichkeit und zu einem Gesicht verhelfen. Besondere Anforderungen stellen Tumore und schwere Verletzungen, die Menschen entstellen und aufwändige plastische Rekonstruktionen erfordern.

Der Sterbeforscher Bernard Jakoby ist überzeugt, dass uns im Sterbeprozess unsere Lebensbilanz offenbart werde, die zum Maßstab habe, ob wir Liebe gegeben oder zurückgehalten hätten, und Wilhelm Busch schreibt in der ersten Strophe seines Gedichts »Summa summarum«:

> »Sag, wie wär' es, alter Schragen
> wenn du mal die Brille putztest,
> um ein wenig nachzuschlagen,
> wie du deine Zeit benutztest.«

In der letzten Strophe zieht er den Schlussstrich und benennt als Summe dessen, was im Leben zählt:

»Demnach hast du dich vergebens
meistenteils herumgetrieben:
Denn die Summe unseres Lebens
sind die Stunden, wo wir lieben.«

Der Humorist kommt 1874 also zum gleichen Schluss wie der Sterbeforscher in unseren Tagen. An beide denke ich, als ich mich zum Gespräch mit Dr. Borsche treffe, den ich als erstes nach der Quelle seiner Kraft frage.

Er antwortet: »Es sind die Menschen, die ich operiere. Ihre wiedererwachende Lebensfreude und ihre Dankbarkeit sind die Quellen meiner Kraft.«

Ich sage: »Wenn jemand Sie »Held« nennen würde … »

Ich komme nicht dazu, meinen Satz zu Ende zu bringen. Lachend winkt André Borsche ab: »Nein, nicht doch, ›Held‹ ist nicht das richtige Wort für das, was ich tue. Wenn ich anderen helfe, empfinde ich mich ebenso stark selbst als Beschenkter. Das gute Gefühl, etwas Sinnvolles für andere Menschen zu tun und mein Christentum praktisch zu leben, ist einfach eine riesige Sache.«

Ich frage: »Was ist denn überhaupt ein Held oder eine Heldin?«

Er überlegt: »Im Krieg ist der Begriff ›Kriegsheld‹ und ›Heldentaten‹ ja allzuoft so gebraucht worden, dass man Bauchschmerzen davon bekommt. Auf der anderen Seite gibt es ›Alltagshelden‹, die bescheiden sind und durch ihre Zivilcourage oder uneigennützige Einsatzbereitschaft wirklich Tolles bewirken und so Vorbild sind. Auch der Mut, anders zu denken und handeln als alle denken und handeln, aus der Überzeugung heraus, etwas zu tun, weil es richtig ist, mag einen Helden auszeichnen.«

Ich frage: »Wer ist ein Held oder eine Heldin für Sie?«

Er lächelt: »Mutter Teresa ist eine Heldin gewesen. Dreimal habe ich sie in Kalkutta treffen dürfen. Sie hat unserem Team 15 kranke Waisenkinder überantwortet, mit dem dringenden Wunsch, sie nach zwei Wochen operiert und gesund wieder zurück zu bringen. Und genau so ist es geschehen: Wir konnten allen Kindern durch eine plastische Operation helfen, es gab keine Komplikationen. Sie hätten die strahlenden Gesichter sehen sollen, als Mutter Teresa sie wieder gesund und munter in ihre Arme nahm.«

Ich frage: »Was können wir tun, die keine Ärzte sind?«

Er sieht mich an: »Sicher hilft jeder am effektivsten in seinem Metier, mit dem, was er am besten kann. Von daher ist mein Beruf ideal, um humanitäre Hilfe zu leisten. Doch jeder kann in seinem Umfeld etwas bewegen, etwas Besonderes leisten. Dazu möchte ich Mut machen, offen auf andere zuzugehen, aufmerksam für die Nöte und Bedürfnisse der Mitmenschen zu sein. Das kann jeder an seinem Platz und mit seinen Mitteln tun. Sie werden überrascht sein, wie einfach das ist und wie gut es tut.«

In der Tat ist das, was André Borsche tut, einfach: Er schenkt Zeit. Er schenkt Liebe. Er schenkt sich selbst. Meine Begegnung mit ihm war eine der bewegendsten, die ich je hatte. Sein bedingungsloses »Ja« zum Leben, seine Liebe für die Menschen und seine Begeisterung sind ein Feuer, das andere anzustecken vermag. Für mich verkörpert er Erich Kästners Vers:

>*»Es gibt nichts Gutes,*
>*außer man tut es.«*

Als André Borsche sagt, dass jeder an seinem Platz und mit seinen Mitteln Gutes tun könne, habe ich ein Aha-Erlebnis:

Mir wird bewusst, dass in meiner beruflichen Tätigkeit die Dimension des Heilens immer präsent war: Ich habe heilende Lieder gesungen, heilende Märchen geschrieben und bin in der Onkologischen Rehaklinik »Nahetal« 14 Jahre lang monatlich einmal mit meinem Programm »heilender Humor« aufgetreten.

Nicht Albert Schweitzers Weg bin ich gegangen, sondern meinen Weg. Arzt zu sein, war dafür nicht entscheidend, sondern die Absicht, heilen zu wollen. Dazu galt es herauszufinden, welche Art, heilend tätig zu sein, meinen Fähigkeiten entsprach. Zu dieser Einsicht hat mir die Begegnung mit André Borsche verholfen. Um uns zu erkennen, brauchen wir Menschen, die uns widerspiegeln, Menschen, die in entscheidenden Augenblicken das Entscheidende sagen, damit wir wissen, wer wir sind.

. . .

Tobias erhob sich und sagte: »Würde es Ihnen etwas ausmachen, wenn wir jetzt weitergehen und eine Weile schweigen? Das muss ich erst einmal geistig verdauen.«

»Gute Idee«, sagte ich. So folgten wir dem Rundweg durch das Hunsrück-Nahe-Dorf, den Hügel hinab, vorbei am Wegekreuz und der Flachsdarre, bis zu der kleinen Kapelle an der Weggabelung. Wir wandten uns nach links und folgten dem Weg in Richtung Ausgang, vorbei an der Wiese mit den tausend Apfelbäumen, bis zum Mosel-Eifel-Dorf, von wo ein Pfad abzweigt, einen kleinen Hügel hinauf zu einem langestreckten Gebäude, der »Wittlicher Kegelbahn«, wie ein Schild ausweist. Davor stehen mehrere Sitzbänke, und das Eingangsgebäude ist nur noch einen Steinwurf entfernt.

»Hier könnten wir uns niederlassen und die letzten beiden Geschichten des Kapitels lesen«, schlug ich vor.

»Das passt«, meinte Tobias, »ich habe die Geschichte von eben verdaut und kann jetzt neues aufnehmen.«

»Erzählst du mir heute denn auch noch eine Geschichte?«, fragte ich.

»Gerne« antwortete er, »dann soll später meine Geschichte vom Käfer Karl den Tag abschließen.«

Ich nahm das Buch, setzte die Brille auf und las die nächste Geschichte aus dem Blauen Buch.

. . .

Die Mutmacherin

Von manchen Menschen geht eine Kraft aus, die bewirkt, dass uns mit ihnen zusammen alles gelingt, weil wir uns alles zutrauen. Alles. Für mich ist Sabine Richter so ein Mensch.

Ich war ein guter Schüler auf dem Gymnasium, nur Chemie war meine Achillesferse, mit der ich mühsam durch die Mittelstufe gehumpelt bin, bis ich das Fach abwählen konnte. So sind Säuren und Basen an mir vorübergegangen, ohne den Hauch einer Spur zu hinterlassen, doch wenn Sabine Richter mich bitten würde, mit ihr eine Veranstaltung zum Thema »Die Chemie unseres Körpers – von Säuren und Basen« zu leiten, würde ich sofort und ohne Bedenken zusagen, weil ich wüsste: Mit ihr bekäme ich das hin!

Wie macht sie das? Das ist es ja gerade, dass sie nichts zu machen braucht, sondern dass sie einfach so ist wie sie ist, ohne sich anstrengen zu müssen.

Noch etwas verbindet uns. Dazu muss ich vom Drucker meines Computers berichten, der elf Jahre lang mit mir durch dick und dünn gegangen war und alle ihm aufgetragenen Arbeiten zu meiner größten Zufriedenheit erledigt hatte. Doch dann ließ er schwer nach: Zuerst wurde seine Tonerpatrone inkontinent und hinterließ immer mal wieder graue Flecken auf dem Papier. Dann führte er manche Druckaufträge partout nicht mehr aus. Wenn ich den Computer am nächsten Tag einschaltete, lieferte der Drucker die Dokumente nach, als habe er eine Nacht darüber schlafen wollen. So rang ich mich schweren Herzens dazu durch, einen neuen Drucker zu kaufen, was bedeutete, den alten als Elektronikschrott zu entsorgen. Wie hat er mir leidgetan!

Ich musste an ein Märchen der Gebrüder Grimm denken, das so beginnt: »Viele Jahre hatte ein Soldat seinem König treu gedient. Nun, da er alt geworden war und der König keine Verwendung mehr für ihn hatte, entließ er ihn aus

seinen Diensten.« Bin ich auch so ein undankbarer, hart-
herziger König? Armer, alter Drucksoldat!

Um die gleiche Zeit hat Sabine Richter mir Folgendes
erzählt: »Als ich neulich in der Kirche von Argenschwang
Gottesdienst hielt, hörte ich, während der Lieder Geräusche,
die von der Orgel kamen. Es waren nicht die Töne, sondern
irgend ein Teil in der Mechanik ächzte und stöhnte. Das
hat mich so angerührt, dass ich nicht weitersingen konnte
und ein Tränchen verdrücken musste.«

Meine kluge Freundin wird von einer seufzenden, ächz-
enden Orgel also ebenso berührt wie ich von einem in-
kontinenten, altersstarren Drucker. So bin ich mit meinen
Gefühlen für eine Maschine gar nicht allein. Verbindet uns
das Empfinden, dass Maschinen ebenso wenig perfekt wie
wir Menschen sind? Spüren wir Nähe, wenn wir bei ihnen
Altersverschleiß und Gebrechlichkeit erleben?

Immer wieder begegne ich zwei Sorten Menschen: den
Unterstützern und Mutmachern, und den Kleinhaltern
und Runtermachern. In jedem Beruf können wir unter-
stützend wirken, aber Pfarrerinnen und Pfarrer, die es
tun, erfüllen die wichtigste Aufgabe ihres Berufes: jedem
Schaf ihrer Herde eine gute Hirtin zu sein, es mit allen
Ecken, Kanten und Macken anzunehmen und zu lieben,
Wege mit ihm zu gehen und für es da zu sein, wenn es
uns braucht.

Sabine und ich halten per Email Kontakt, und einmal im
Jahr essen wir ein Eis bei Antonio Piazza. Mehr braucht es
nicht. Weniger darf es aber auch nicht sein.

. . .

Tobias sah mich an: »Antonio Piazza? Das ist doch der Italiener aus Ihrer letzten Kolumne.«

»Der mit dem Leben tanzt, der Lebensmeister, genau der«, bestätigte ich.

Tobias nickte: »Sie kennen viele positive Menschen.«

»Es leppert sich so zusammen«, antwortete ich, und wir grinsten uns an, bevor Tobias fortfuhr: »Warum sind die vier Menschen, deren Geschichten ich heute Nachmittag gehört habe, in das Blaue Buch geraten? Was meinen Sie?«

Ich musste eine Weile überlegen. »Um deine Frage zu beantworten, muss ich einen Schritt zur Seite treten, um Abstand von mir zu gewinnen und mir über die Schulter zu schauen. Wenn ich das tue, sehe ich dies: Bei den Geschichten heute Nachmittag ging es um die Frage, was Menschen aus dem machen, was sie mitbekommen haben. Wie gehen sie damit um? Was geben sie an andere weiter? Was verschenken sie davon? Und was von sich selbst? Wie sieht die Balance zwischen nehmen und geben aus?

Tobias stellte fragend in den Raum: »Balance und Bilanz?«

Ich nickte: »Bei beiden geht es um nehmen und geben: Ist beides ausgewogen und im Gleichgewicht? Oder überwiegt eines davon? Manche Menschen sind in der Lage, anderen ein Vielfaches von dem zu geben, was sie mitbekommen haben. Und andere können nie genug bekommen, weder an materiellem Besitz noch an Anerkennung und emotionaler Zuwendung.

Als ich Kind war, bestaunten meine Eltern im Fernsehen einen Zauberer namens Kalanag, der damals so etwas war, wie heute die Ehrlich Brothers, ein Super-Magier, ein Star-Zauberer mit phantastischen Tricks, die keiner durchschaute. Sein berühmtester Trick hieß: »Wasser aus Indien«. Dazu goss er alles Wasser aus einem Krug in ein Fass, sodass der Krug leer sein musste. Er stellte ihn auf einen durch-sichtigen Tisch, bei dem keine Zuleitung zu erkennen war. Und, oh Wunder, der Krug füllte kurz darauf das Fass wie-der mit einer großen Menge Wasser, und ebenso ein drittes, ein viertes und ein fünftes Mal. Das ›Wasser aus Indien‹ in dem Krug schien unerschöpflich zu sein.«

Und so unerschöpflich in ihrer Energie, ihrem Geben emp-finde ich die vier in den Geschichten von heute Nachmittag.«

Ich sah Tobias an: »Kannst du mit der Antwort etwas an-fangen?«

Tobias nickte, und ich zog das Blaue Buch mit dem Lese-bändchen auf. Als ich das Foto sah, sagte ich: »Die nächste Geschichte handelt von zwei Lebensmeistern, die schon 60 Jahre miteinander verheiratet sind.«

Tobias schüttelte den Kopf: »60 Jahre haben die es mitein-ander ausgehalten? Dann müssen sie wirklich Lebensmeister sein. Nicht mal sechs Wochen habe ich es mit meiner ersten Freundin ausgehalten.«

Ich sagte: »Wenn man so jung wie du ist, übt man ja auch noch.« Und ich las.

. . .

Wieviele Knospen hat die Liebe?

Vor einiger Zeit rief mich mein Großcousin Hans Herter aus Boos an: Wenn ich wissen wolle, aus welchem Haus mein Großvater Julius Engbarth und seine Großmutter Anna Her-ter stammen, solle ich ihn einmal besuchen. Julius und Anna waren Geschwister; Hans und ich sind Großcousins.

Als ich das nächste Mal mit dem Fahrrad unterwegs war, entschloss ich mich zu einem Überraschungsbesuch in Boos. Hans saß im Hof seines Hauses an einem Tisch und knackte Walnüsse. Nicht lange darauf kam seine Frau Anni dazu, und ab da blätterten wir zu dritt im Lebensalbum der beiden. Die nächsten anderthalb Stunden waren voll dichter Geschichten über das, was das Leben ausmacht.

1947 kehrt Hans als 20-Jähriger nach zwei Jahren Krieg mit 40 Kilo Gewicht aus der Kriegsgefangenschaft in Georgien heim und arbeitet in der Landwirtschaft beim Vater mit. Als der Vater 1953 schwer erkrankt, übernimmt Hans den Betrieb und lernt Anni Kirsch kennen, ein Mädchen aus dem Nachbardorf Staudernheim. Am 24. Juni 1955 heiraten die beiden, und zwischen 1956 und 1965 werden die vier Kinder geboren: Anneliese, Gisela, Dieter und Manfred.

»Ursprünglich wollte keines der Kinder in Boos bleiben – und jetzt haben alle vier hier gebaut … um die Mama herum«, sagt Hans und lächelt. Ich spüre die Freude und die Dankbarkeit, die ihn und Anni verbinden, obwohl ihr Leben alles andere als leicht war: Da gab es die finanziellen Belastungen durch die Sanierung des maroden Elternhauses, den Kauf von Traktor und Auto, und bei all dem waren noch vier Kinder satt zu kriegen. Anni meint: »Wir hatten wirklich in allem Glück.« »Nein, Anni, wir hatten Sauglück«, verstärkt Hans.

Weil die Landwirtschaft immer weniger abwirft, fängt er 1963 als Arbeiter bei den Drahtwerken Waldböckelheim an, wechselt 1967 zur Genossenschafts-Weinkellerei und 1970 zum Reifenhersteller Michelin in Bad Kreuznach, wo er bis zum Eintritt ins Rentenalter bleibt.

In der Woche darauf, am 24. Juni, wird in Boos ein vierfaches Fest gefeiert: Die diamantene Hochzeit von Hans und Anni, der 88. Geburtstag von Hans und zugleich der 50. Geburtstag des jüngsten Sohnes Manfred, und weil am 24. Johannistag ist, hat Hans auch noch Namenstag.

Als ich mich verabschiede, kommt er noch ein Stück Weg mit mir, bleibt an der Kletterrose vor dem Haus stehen und fragt: »Kannst du mir sagen, wieviele Knospen der Rosenstock hat?«

Ich betrachte die Kletterrose mit ihren unzähligen Knospen und schüttele den Kopf: »Nein, Hans, das kann ich nicht; das sind so viele, wie soll ich die zählen?«

Er lächelt: »Genau wie die Liebe zwischen Anni und mir: Von der kann auch keiner die Knospen zählen.«

. . .

Tobias sagte: »Drei mal stark: das Bild, das Paar und Ihr Text.

»Danke«, *sagte ich,* »und nun bin ich gespannt auf deine Geschichte.« *Und Tobias erzählte.*

. . .

Ein Käfer namens Karl

Post von meinem Cousin Moritz, der zehn Jahre älter ist als ich. Einen richtigen Brief hat er mir geschickt. Als ich ihn öffne, sehe ich: Er enthält eine Handvoll Fotos, aber nichts Geschriebenes. Moritz war noch nie ein Freund vieler Worte. Ich schaue mir alle Fotos an. Eines springt mir ins Auge: Johanna, die Tochter von Moritz und Tine, sitzt in der Hocke in einer Wiese und betrachtet mit großen Augen einen Marienkäfer auf ihrer flachen Hand.

Als ich für einen Moment die Augen schließe, höre ich zwei miteinander reden. Ich spitze die Ohren und kann jedes Wort verstehen, das die beiden sagen.

»Wer bist du?«, fragt Johanna.

»Ich bin ein Marienkäfer«, antwortet der Käfer, »und du?«

»Ich bin ein Kind.«

»Und wie heißt du?«, fragt der Käfer.

»Ich heiße Johanna. Und du?«

»Sehr erfreut. Ich heiße Karl.«

»Im Kindergarten haben wir auch einen Karl, aber der ist kein Käfer, sondern ein Kind.«

»Soll ich mal auf deine Nasenspitze fliegen?«

»Da willst du hinfliegen? … Das will ich sehen.«

Karl fliegt auf Johannas Nasenspitze; mit Riesenaugen sieht sie ihm zu. Als er gelandet ist, schielen ihre Augen und sie staunt: »Boah … wie machst du das?«

Karl zuckt die Achseln: »Ich bewege einfach nur meine Flügel auf und ab.«

»Zeigst du mir, wie das geht?«

»Na klar. Aber warte mit dem Fliegen, bis du heute Abend im Bett liegst.«

Johanna sagt: »Ich finde Fliegen wunderbar!«

»Ich auch«, sagt Karl, »die ganze Welt ist voll von Wundern. Von morgens bis abends kann man staunen und sich wundern.«

»Ich wundere mich auch«, sagt Johanna, »weißt du auch, worüber?«

»Worüber?«

»Dass sich manche über gar nichts wundern.«

»Das wundert mich auch.«

»Warum ist das so?«

»Ich glaube, die Menschen vergessen es, wenn sie erwachsen sind.«

»Meinst du, wir werden es auch vergessen?«

»Wenn wir uns gegenseitig daran erinnern, nicht.«

Moritz meldet sich zu Wort: »Wisst ihr auch, was wir Erwachsenen zurzeit vergessen?«

Johanna und Karl fragen gleichzeitig: »Was denn?«

Moritz antwortet: »Wieviel Schönes es trotz Corona immer noch zum Wundern und Staunen gibt.«

»Kann Karl mit uns nach Hause kommen, Papa?«

»Besser nicht«, meint Karl, »aber heute Nacht besuche ich dich. Dann fliegen wir zusammen.«

Moritz sagt: »So, Johanna, dann lass uns mal gehen und sag' deinem neuen Freund Adieu.«

Johanna, die gerne noch geblieben wäre, sagt gedehnt: »Schade, aber du hörst ja selbst … tschö, Karl!«

»Tschö, Johanna!«, antwortet Karl, erhebt sich von Johannas Nasenspitze und fliegt über die Wiese, zu einem Löwenmäulchen, das er erspäht hat, und lässt sich auf ihm nieder.

. . .

»Zauberhaft«, sage ich zu Tobias, »diese Geschichte muss ihren Weg in ein Buch finden. Hast du das Foto von Johanna und dem Käfer Karl gut aufgehoben?«

»Habe ich. Wenn ich es mir anschaue, fängt es jedes Mal zu sprechen an.«

»Wie alle guten Fotografien«, sage ich.

Tobias steht auf und sagt: »Wenn ich morgen mein drittes Corona-Märchen erzähle, fängt das mit dem Löwenmäulchen an, auf das der Käfer Karl gerade geflogen ist.«

Auch ich stehe auf, und wir machen uns auf den Weg zum Ausgang des Freilichtmuseums, einem offenstehenden Tor neben dem Eingangsgebäude. Dann passieren wir »Bollants SPA im Park«, einen unserer drei Wellness-Tempel, der früher »Kurhaus Dhonau« hieß. Wir überqueren die Nahe, folgen der Felkestraße bis zur Poststraße, gehen an der ehemaligen Kapelle vorbei, die zum Brauhaus mit Restaurant umgebaut ist und passieren das Einkaufszentrum. Am Marktplatz, wo sich unsere Wege trennen, verabreden wir uns für zehn Uhr am nächsten Vormittag im Marumpark, mitten im Städtchen gelegen.

DRITTER TAG

Der Traum

Als ich am nächsten Morgen im Marumpark ankomme, steht Tobias schon an dem rot-weißen Absperrband, das das frisch eingesäte Areal eingrenzt. Er steckt den Zeigefinger in den Mund und hält ihn in die Luft, um herauszufinden, woher der Wind weht.

»Du siehst aus wie E.T.«, rufe ich.

Tobias nimmt den Faden auf und spricht E.T.s Sehnsuchtsworte: »Nach Hauuuuse.«

Hatte gestern der Wind am Gottesbrünnlein das Absperrband knattern lassen, so hängt es heute schlaff und schlapp zwischen den Metallstangen. Tobias ruft: »Wenn wir mit den Geschichten anfangen und dann erst säen, regt sich bis dahin vielleicht ein Lüftchen.«

Ich lege den Zeigefinger auf die Lippen: »Nicht so laut.«

»Warum das denn?«, fragt er.

»Wenn einer vom Ordnungsamt gerade vorbeigeht und mitbekommt, dass wir hier etwas säen, wird er kaum vor Begeisterung in die Luft springen.«

»Selbst wenn es Blumen der Hoffnung sind?«

»Selbst dann nicht. Einen Prinzipienreiter auf dem Amtsschimmel interessiert nur, ob wir ein amtliches Dokument mit Dienstsiegel, Unterschrift und Gebührenmarke vorweisen können, das uns als ›zur Aussaat Befugte‹ ausweist.«

»Ach so.«

»Komm, wir setzen uns auf die Bänke vor dem Musik-Pavillon.«

Als wir sitzen, sage ich zu Tobias: »Mir ist heute Nacht eingefallen, warum dieser Park der ideale Ort zur Aussaat von Hoffnungsblumen ist.«

»Und warum?«, fragte Tobias.

»Weil das Grundstück eine Schenkung der jüdischen Familie Marum ist. Als ihr Sohn Arnold 1951 früh verstarb, haben sie ihren privaten Garten der Stadt geschenkt, damit ein öffentlicher Park darin eingerichtet würde, der an Arnold Marum erinnert.

In den Dreißigerjahren waren die Marums von den Nazis zum Verkauf ihrer Strumpffabrik gezwungen worden und 1938 in die USA geflohen, wo sie sich eine neue Existenz aufbauten. Nur der 90jährige Onkel Heinrich Marum war in dem Glauben hier geblieben, ›einem so alten Mann werden sie schon nichts tun‹. Ende Juli 1942 deportierten die Nazis den 93-Jährigen zusammen mit den übrigen elf im Ort verbliebenen Juden nach Theresienstadt, wo Heinrich Marum Anfang August starb.

Nach dem Krieg übernahmen der Marum-Sohn Arnold und der Schwiegersohn Dr. Julius Stern den Wiederaufbau der Firma, bis Arnold an Krebs erkrankte und 1951 mit nur 45 Jahren starb. Die Schenkung des Gartens an die Stadt war ein Zeichen jüdischen Verzeihens und der Versöhnung. Welcher Ort könnte geeigneter sein, Blumen der Hoffnung auszusäen.«

Tobias, der mir konzentriert zugehört hatte, schwieg eine Weile. Dann sagte er: »Ich muss Ihnen auch etwas erzählen.«

»Ich höre«, antworte ich.

»Raten Sie mal, was ich heute Nacht geträumt habe.«

»Dass ein Verleger dir ein Angebot gemacht hat, dein Buch am selben Tag in 48 Ländern der Welt herauszubringen.«

»Schön wär's! Aber was ich geträumt habe, ist auch schön, und zwar stehe ich mit meinem Onkel Christian an Bord der Yacht im Grünen, die aussieht, als sei sie gerade in einer Werft überholt worden. Vor Mast und Segel spricht Onkel Christian die Worte:

> *›Acht mal acht,*
> *Zauber-Yacht,*
> *flieg mit Macht,*
> *flieg geschwind,*
> *mit dem Wind,*
> *mit dem Wind.‹*

Der Wind erhebt sich, wird stärker, und als sich das Segel aufbläht, sehe ich, dass es aus lauter Flicken besteht, die wie eine Patchwork-Decke zusammengenäht sind, und auf jedem Flicken steht eine andere Geschichte. Der Wind wird so stark, dass das Boot abhebt und fliegt. Onkel Christian am Steuer ruft mir zu: ›Übernimm du. Ich hab' hier noch was zu erledigen‹, springt mit einer Hechtrolle über Bord und landet mit einem Purzelbaum im Gras. Ich übernehme das Steuerruder, und das Schiff gleitet durch die Luft, höher und höher, immer höher; die Straßen, die Häuser und die Menschen werden kleiner und kleiner, immer kleiner, bis die Menschen nur noch so groß wie Pünktchen auf Marienkäferflügeln sind, die Geräusche werden immer leiser, bis nichts, rein gar nichts mehr zu hören ist. Alles fühlt sich gut an, alles ist richtig, so wie es ist … und dann bin ich aufgewacht.«

»Und wie hast du dich gefühlt?«, frage ich.

»Großartig. Aber weil ich noch so gerne weiter durch die Luft geschwebt wäre, hab‹ ich die Augen wieder zugemacht und versucht, weiterzuschlafen, weiterzuträumen, aber das hat leider nicht geklappt. Schade.«

Ich schlug vor: »Und wenn du sagen würdest: ›Was ich in meinem Traum erlebt habe, kann mir keiner nehmen.‹«

»Hm«

»Oder du nimmst den Traum als Ausgangspunkt für eine Geschichte.«

»Das Traum-Schiff?«

»Gibt es schon.«

»Dann vielleicht: ›Das Schiff meiner Träume‹«, Tobias überlegte einen Moment, bevor er fortfuhr, »oder ich warte mit dem Titel, bis ich weiß, wo meine Geschichte hinläuft.«

»Guter Gedanke!«, bestätigte ich.

Tobias sah mich an: »Jetzt muss ich Sie noch etwas fragen. Bei den Geschichten am Gottesbrünnlein und im Freilicht-museum war ich von den Menschen, die Sie kennen, beein-druckt: Der Mann mit dem Schlüsselbund, die Ärztin, die Patienten in den Arm nimmt, der plastische Chirurg, der Menschen neue Gesichter schenkt, die Mutmacherin mit Ge-fühlen für eine Orgel und schließlich das Paar, dessen Liebe nach 60 Jahren Ehe noch blüht, alles tolle Menschen. Warum bin ich noch keinem von der Art begegnet?«

Ich lächelte: »Weil ich mehr als drei Mal so alt bin wie du. Mit diesen Menschen bin ich ja auch nicht zur Welt gekom-men. Als ich in deinem Alter war, habe ich noch keinen von ihnen gekannt.«

»Okay, das verstehe ich, aber müssten Sie dann eigentlich nicht auch jede Menge fieser Mieslinge kennen, Schleimer, Arschkriecher, Hochstapler, Lügner und Betrüger.«

»Ach, weißt du, Tobias, Gottes Zoo ist so unermesslich groß, dass du Menschen aller Art und jedweden Charakters darin begegnest, natürlich auch solchen, wie du sie gerade beschreibst, aber die habe ich links liegen lassen und mich an die gehalten, die übrig blieben. Mit denen habe ich meine Netzwerke geknüpft, die tragen und halten mich, auch in Zeiten, in denen ich durchhänge. Aus der Freundschaft mit ihnen beziehe ich meine Kraft. Sie helfen mir, mich wieder aufzurichten.«

»Haben Sie auch schon mal über jemand geschrieben, der Ihnen das Leben schwer gemacht hat?«

Ich nickte: »Habe ich. Gut, dass ich gestern die restlichen Geschichten im Blauen Buch durchgesehen habe. Da kann ich dir die Geschichte gleich vorlesen.«

Ich zog das Blaue Buch aus der Tasche, und ich las.

. . .

Unfreundliche Menschen

Von Henry James, einem amerikanisch-britischen Schriftsteller, der von 1843 bis 1916 gelebt hat, stammt der Satz:

»Drei Dinge sind im Leben des Menschen wichtig:
Das erste ist, freundlich zu sein,
das zweite ist, freundlich zu sein
und das dritte ist, freundlich zu sein.«

Damit ist sicher nicht die Freundlichkeit gemeint, die der Volksmund »katzenfreundlich« und die Mundart »scheißfreundlich« nennt, sondern gemeint ist jene echte Freundlichkeit, die so oft in unserem Alltag fehlt. Jeden Tag haben wir es mit unfreundlichen Zeitgenossen zu tun. Ich grüße beispielsweise jeden, dem ich begegne und der mich ansieht und wundere mich, wie Leute es fertigbringen, mich nur blöde anzuglotzen und nicht zurückzugrüßen.

Oder nehmen wir einen Bekannten, den ich hier »Günter Gumbrecht« nennen will und bei dem ich mich frage: »Warum ist er dermaßen unfreundlich?« Weil ich wenig von ihm weiß, habe ich drei Ex-Kollegen von ihm gefragt. Der erste pfiff durch die Zähne: »Der Günter ist schon sehr speziell.« Der zweite meinte: »Der Gumbrecht ist die totale Fehlbesetzung in seinem Beruf. Mit seinen Fähigkeiten wäre er bei der Akten-Registratur einer Behörde richtig.«

Und der dritte drückte sich so aus: »Im Englischen gibt es einen starken Ausdruck für Menschen wie ihn: ›He's a pain in the ass‹. Vornehm übersetzt mit: ›Er ist ein Schmerz im Gesäß‹«.

Daraus ließ sich schließen, dass er zu allen unfreundlich ist, nicht nur zu mir. Sein Verhalten ist also keine persönliche Antipathie mir gegenüber, was ja schon mal ein Trost ist. Aber nicht nur zu anderen ist er unfreundlich, sondern zu sich selbst auch, weil er mit sich und seinem Leben unzufrieden ist. Vielleicht sollte ich einmal zu ihm sagen: »Du bist so unfreundlich. Kann ich dir irgendwie helfen?« Es wäre doch schade, wenn er so weitermachen würde und sich am Ende seines Lebensweges zwischen Himmels- und Höllentor fürs letztere entscheiden müsste, weil dort alle alten Säcke beieinander sitzen, die mit ihren Mitmenschen deshalb granteln und grummeln, weil sie sich nie getraut haben, ihr Leben zu leben.

Weil ich wissen wollte, was andere von meinen Überlegungen halten, habe ich sie Bekannten zu lesen gegeben. Mein Freund Willi aus Lahnstein hat mir so geantwortet:

»Lieber Sebastian, Günni Gumbrecht war schon immer ein armer Tropf und ist es bis heute geblieben. Das war nämlich so: Seine Mutter, eine geborene Schewwermung (eigentlich ›Chevremont‹, aber das kann hier in Lahnstein keiner aussprechen), war mit ›Totschlägers-Ekki‹ zusammen. Und da ist dann Klein-Günter auf einmal gekommen. Seine Mutter hat dann später Gumbrechts Hannes geheiratet, und der hat den Günter auf seinen Namen genommen, wie man so sagt. Aber das hat auch nichts genützt, weil der Günni außer von Oma Schewwermung nie ein gutes Wort bekommen hat. Und deswegen weiß er bis heute nicht, was im Leben wichtig ist und wie man mit den Leuten umgehen soll.

Schade eigentlich, denn wer ihn ein bisschen besser kennt, der weiß, dass Günni keiner Fliege was zuleide täte. Doch sich selbst ist er sozusagen ›verschlossen‹ und den Mitmenschen dann eben auch. Vielleicht hatte er auch mal einen Traum von seinem Leben, aber so manche Enttäuschung in die eine oder andere Richtung hat ihn dann eben fürs Leben kurz und klein gemahlen, sozusagen. Er ist schon eine traurige Gestalt. Schade. Gäbe es nur Menchen wie ihn, bräuchten wie keine Polizei, soviel ist sicher.

Herzliche Grüße Willi.«

Willi, der Günter Gumbrecht nie begegnet ist, hat aus seiner Lebenserfahrung heraus eine Biografie komponiert, in der er sich das Wesen dieses Menschen erschließt und so seine Antwort auf die Frage findet, warum er so unfreundlich ist. Willis Erklärung erlaubt einen Blick hinter die Kulissen, hinter Günters Fassade, hinter seine Maske. Dadurch kann ich einen Schritt zurücktreten und meinem gekränkten Ich auf die Schulter klopfen und sagen: »Sieh doch mal genauer hin. Der ist gar nicht bösartig, der ist nur ein armes Schwein, das nicht anders kann.«

Mein Freund Rainer riet mir, nicht so sehr auf Günter zu schauen, sondern auf mich selbst: Was löst er bei mir durch seine mangelnde Wertschätzung und Anerkennung aus? So könnte ich ihn zu meinem Lehrer machen, der mir hilft, von der Anerkennung anderer unabhängig zu werden.

Und mein Freund Michael sagte schließlich: »Wenn du durch Günter lernen könntest, auch zu einem Unfreundlichen freundlich zu sein, verändert er sich vielleicht irgendwann. Auf jeden Fall verändert es dich: Dein Leben wird leichter mit jedem Ärger, den du loslassen kannst und nicht länger mit dir herumschleppst. Wenn dir das gelingt, bist du im letzten Semester des Studiums der Gelassenheit angekommen.«

Na gut, dachte ich, wenn ich Günters nächste arrogante Unfreundlichkeiten mit dem Sezierbesteck meiner drei Freunde untersuche, werde ich am Ende mit dem Thema noch promovieren, bei meinem Doktorvater Professor Dr. Günter Gumbrecht.

. . .

Tobias nickte anerkennend: »Ganz schön clever, wie Sie das deichseln: Sie umkreisen den Typ, betrachten ihn aus verschiedenen Blickwinkeln, machen ihn zu einem Prüfstein und Lehrer der Lebenskunst. Doch ich frage mich: Haben Sie auch schon mal erlebt, dass Sie partout nicht weiterwussten, dass alle ihre Lebenskunst versagt hat und Sie ratlos waren?«

»Ja, und ich bin froh, dass du danach fragst«, antwortete ich, und ich begann zu lesen.

. . .

Mein Anruf bei Gott

Guten Morgen, lieber Gott. Ich bin's, Es geht um Folgendes.

Mir geht ein Bild aus dem Jahr 1959 nicht aus dem Kopf, als ich in die dritte Klasse der Katholischen Volksschule gegangen bin. Ich saß im Mittelgang in der vorletzten Bank, und hinter mir saß Günter Huber. Bei dem Bild, das ich im Kopf habe, blutet er. Rotz, Tränen und Blut laufen ihm die

Backen runter. Einer der beiden Schläger in unserer Klasse hat ihm ins Gesicht geschlagen, und, was für mich schier unfassbar ist: Günter heult nicht, sondern zieht die Nase hoch, wischt mit dem Ärmel alles ab … und lacht.

Mein Bekannter Paul kennt dich und die Welt, und als ich ihn fragte, ob er wisse, was aus Günter Huber geworden sei, riet er mir, mich an Günters frühere Nachbarin Eva zu wenden, die mir vielleicht weiterhelfen könne. Ich schrieb eine Email an Eva, die mir so antwortete:

»Unser Nachbarsjunge Günter hatte keine schöne Kindheit. Zwei ältere Schwestern waren schon aus dem Haus. Seine Mutter war psychisch krank, und wenn die Schübe auftraten, musste sie länger nach Alzey in die Nervenheilanstalt. Unsere Häuser waren nur durch einen schmalen Reil getrennt, sodass wir mitbekamen, wenn der Vater mit seiner Frau stritt und ihr drohte, sie käme bald wieder nach Alzey. War es dann tatsächlich so weit, so wehrte sich die Frau, schloss sich im gegenüberliegenden Stall ein und wurde schließlich von der Polizei abtransportiert. Das bekamen auch wir Kinder mit, und Günter litt mit seiner Mutter unter der schwierigen Situation. Schließlich kam Frau Huber nicht mehr nach Hause, und irgendwann muss die Scheidung der Eheleute erfolgt sein. Günter war etwa zehn Jahre alt, als eine Frau mit Namen ›Herzog‹ mit Sohn Franz aus Stuttgart zu Hubers kam, zunächst als ›Haushälterin‹ und bald als neue Ehefrau. Eine gemeinsame Tochter, Edith, wurde geboren. Jetzt war Günter zu viel in der Familie! Man hörte oft die Schreierei der zweiten Frau Huber, und Günter begegnete auch einmal weinend meiner Oma und hielt eine Gesichtshälfte zu, um eine Verletzung zu verbergen. Irgendwann hörte ich, er habe das Haus verlassen und sei unbekannt verzogen. Später erfuhr ich von meiner

Oma, dass er am neuen Wohnort durch einen Unfall ums Leben gekommen sei: zu Fuß auf einer Landstraße unterwegs, habe ihn ein Fahrzeug erfasst.«

Durch diesen Brief hatte ich plötzlich verstanden, warum Günter lachte, wo jedes andere Kind geweint hätte: Er lachte aus Trotz. Geschlagen zu werden, war nichts Außergewöhnliches für ihn, daran war er gewöhnt.

Lieber Gott, kannst du mir sagen, warum ich ein Leben führen darf, das zwar auch nicht immer frei von Angst, Schmerz und Depression ist, in dem ich aber auch so viel Glück erfahre, während Günter nie eine Chance hatte, körperlich und seelisch misshandelt wurde und ihm jede Liebe fehlte. Es heißt, du seist gerecht und gut, und du seist die Liebe. Warum dann diese Ungleichheit? Das kann ich einfach nicht verstehen. Kannst du es mir erklären? Ich warte auf deinen Rückruf. Meine Nummer kennst du ja.

. . .

Während ich die Passage von Evas Brief vorlas, schluckte Tobias und auch mir fiel das Vorlesen dieser Stelle schwer. Betreten saßen wir da, bis Tobias etwas einfiel: »Wenn die Hoffnungsblumen blühen, stellen wir welche auf Günters Grab. Wissen Sie, ob er hier beerdigt ist?«

»Ja, das ist er«, sagte ich und »ja, wir werden ihm Blumen ans Grab bringen.«

Wir standen auf und gingen zum abgesperrten Teil der Wiese, Tobias gab die Hälfte der verbliebenen Samen auf meine Hand, die andere Hälfte auf seine. Dann warfen wir die Samen in die Luft und überließen es dem Windhauch, der nun doch wehte, sie im abgesperrten Areal zu verteilen.

Tobias sah mich an und sagte in einem Ton, der an John Wayne in seinen besten Zeiten erinnerte: »Gut gemacht, Partner!«

Ich antwortete im Ton von Butler James: »I did my very best, Miss Sofie.«

»Und jetzt?«, fragte Tobias.

»Ich habe eine Idee«, sagte ich, »Lass uns für die nächste Geschichte an den Ort gehen, wo ich sie erlebt habe, zur Eisen- und Haushaltswarenhandlung Heinrich Schmidt, nicht weit von hier.

Tobias hatte Spaß am Ton John Waynes gefunden und antwortete: »Okay, Partner.«

Wir verließen den Marumpark und spazierten über das alte Kopfsteinplaster der Igelsbachstraße und das neue Pflaster des Marktplatzes. An der Sparkasse bogen wir nach links in die Großstraße ein und passierten die kleine Buchhandlung. Tinka hatte volles Haus: Vier Kunden standen im Laden, und obendrein telefonierte sie mit jemandem. Ihr Handy ans Ohr haltend, unterstrich sie mit der freien Hand gestenreich den Inhalt ihrer Worte. Es war faszinierend, ihr im Vorübergehen dabei zuzuschauen. Nach der Biegung der Großstraße standen wir vorm ersten Schaufenster der Firma »Eisen-Schmidt« und ließen uns auf der Bank gegenüber der Eingangstür nieder, ich zog das Blaue Buch aus der Tasche und las.

. . .

Ein ganz besonderer Mensch

Vor einiger Zeit blieb ich in der Zeitung an einer Todesanzeige hängen, die ein Foto des Verstorbenen zeigte. Das Gesicht kam mir irgendwie bekannt vor, aber der Name? Reiner Horstmann? Nie gehört. Doch dann dämmerte mir: Reiner Horstmann hatte jahrzehntelang in der Firma Eisen-Schmidt gearbeitet.

Wenn ich den Laden betrat, wurde ich von der Chefin Gustl Stohmann begrüßt – sie und ihr Mann sind die heutigen Inhaber des Geschäftes. Ich grüßte zurück: »Guten Morgen, Frau Stohmann, ich brauche ein 45-Grad-Bogenstück 120er Oferohr. Habt ihr das da?« Sie winkte mich durch wie ein Lotse auf dem Rollfeld, der einem Jumbo-Jet den Weg zur Startbahn weist: »Hinten im Laden, bei den Männern.« Dann stiefelte ich quer durch den verwinkelten Laden, durch all die Mauerdurchbrüche mehrerer früherer Wohnhäuser bis zur Eisenwarenabteilung im hinteren Teil des Ladens und wartete, bis ich von einem aus dem stattlichen Verkäuferstamm angesprochen wurde, um bedient zu werden.

Wenn das Reiner Horstmann war, freute ich mich, denn das war etwas Besonderes. Warum das so war, hätte ich damals gar nicht sagen können, weil ich nie darüber nachgedacht hatte, und freundlich waren bei Stohmanns alle, da gab es nichts zu mäkeln und zu meckern, aber wie gesagt, von Reiner Horstmann bedient zu werden, war etwas Besonderes.

Als Stohmanns 2010 den Geschäftsbetrieb einstellten, wechselte er zur Firma »Winters-Frischdienst«, die die Gastronomie mit Pommes Frites, Kartoffelsalat und anderen Lebensmitteln beliefert. Seitdem hatte ich ihn nicht mehr gesehen und deshalb anfangs auch nicht auf dem Foto in der Todesanzeige erkannt. Die Jahre verändern Menschen, und sie verändern Gesichter.

Reiner Horstmanns Arbeitgeber und seine Kollegen in der Firma Winters schrieben in ihrer Todesanzeige: »Wir bedauern das frühe Ausscheiden dieses fleißigen und zuverlässigen Mannes, der ein ganz besonderer Mensch war. Wir haben einen Freund verloren.«

Da war es wieder, das Wort vom »besonderen Menschen« und ich fragte mich: Was macht jemanden aus, von dem die anderen sagen, er sei ein besonderer Mensch gewesen? Ich musste nicht lange überlegen, in keinem Buch nachschlagen, bei keiner Suchmaschine Begriffe eingeben, ich musste nur auf meine Erfahrung zurückgreifen und mich auf meine Einkäufe bei Eisen-Schmidt besinnen, bei denen mich Reiner Horstmann bedient hatte.

Da war als erstes seine Kompetenz: Was auch immer mein Problem war, er fand einen Weg, es zu lösen. Und er wusste, wo das entsprechende Teil zu finden war: In irgendeinem Eck des Lagers, in irgendeinem der tausend Schublädchen, Kistchen und Kästchen, auf irgendeinem Speicher, suchte er das Teil ... und hat es immer auch gefunden.

Soviel zum »Was«, doch jetzt zum Entscheidenden, zum »Wie«. Reiner Horstmann hat durch sein Wesen und seine Art vermittelt: Dein Problem ist für mich wichtig, und damit bist auch du für mich wichtig. Bei der Problemlösung war er ganz auf die Sache und auf seinen Kunden konzentriert, und niemand und nichts konnte ihn davon ablenken. Und obwohl er seine Arbeit und mich ernst nahm, ist er nie bierernst dabei gewesen, sondern hatte immer einen Funken Knitzheit im Gesicht, ein Leuchten in den Augen, eine Wachheit in seinen Worten und eine natürliche

Freundlichkeit in seinem Lächeln, und das alles in einer Ausgeglichenheit und Harmonie, die andere nie erreichen werden, selbst wenn sie zwölf Semester »Professionellen Kundenservice« studieren würden.

Der Mönch und Mystiker Meister Eckhart hat gesagt: »*Die wichtigste Stunde ist immer die Gegenwart. Der bedeutendste Mensch ist der, der dir gegenüber steht. Das Notwendigste ist immer die Liebe.*«

Reiner Horstmann hat diesen Satz vermutlich nie gehört, doch gelebt hat er ihn.

. . .

Tobias sah mich an: »Ob die Leute eines Tages auch von mir sagen werden: ›Der Tobias ist ein ganz besonderer Mensch.‹«

»Du bist auf einem guten Weg«, sagte ich.

»Meinen Sie wirklich?«, fragte er.

Ich nickte.

»Obwohl Sie mich nicht wirklich kennen.«

»Ich kenne zwei deiner Geschichten, ich höre deine Stimme, und ich schaue dir beim Erzählen zu. Das genügt, um sagen zu können, dass ich dich auf einem guten Weg sehe.«

Ich schlug das Blaue Buch auf, sah noch eine Geschichte, die ich noch nicht vorgelesen hatte und sagte: »Du hast noch ein Corona-Märchen auf Lager und ich ebenso. Lass uns unsere letzten zwei Geschichten dort austauschen, wo alles angefangen hat: im Eiscafé ›La Gondola‹ am Markt-platz.«

»Let's went«, antwortete Tobias.

So gingen wir die paar Schritte zum Marktplatz zurück und setzten uns an einen freien Tisch unter einem der Son-nenschirme. Tobias bestellte zwei Cappuccino. Als Sevda selbst sie uns brachte, meinte sie: »Schön, dass ihr wieder hier seid.«

Ich biss meinen Karamellkeks ab, wie es sich gehörte, schlürfte den ersten Schluck Cappuccino und sagte zu To-bias: »Ich bin gespannt, was es mit dem Löwenmäulchen auf sich hat, zu dem der Käfer Karl geflogen ist.«

Tobias antwortete: »Das sollen Sie jetzt hören.« Und er begann zu erzählen.

. . .

Löwenmäulchen

Als Kind bin ich an keinem Löwenmäulchen vorbeigegangen, ohne sein Köpfchen zusammenzudrücken, um jedes Mal mit neuem Staunen zu erleben, wie es das Mäulchen auf- und zugesperrt hat. Nie ist dieses Spiel mir langweilig geworden. Sogar Gespräche mit Löwenmäulchen habe ich geführt. Schade, dass das heute nicht mehr möglich ist, dachte ich.

Da hörte ich ein Stimmchen: »Aber sicher ist das noch möglich: Du kannst mit mir reden, wenn du das willst.«

»Wirklich? Und ich dachte, ich hätte es verlernt.«

»Du bist nur aus der Übung. Als du älter wurdest, in die Schule gingst und vernünftiger wurdest, wie man so sagt, hast du geglaubt, es ginge nicht mehr, und hast es erst gar nicht mehr versucht, bis du es schließlich vergessen hast.«

»Und warum ist mir das nicht früher aufgefallen?«

»Weil du so viel für die Schule lernen musstest: lesen, schreiben und rechnen lernen; Erdkunde, Englisch und Französisch; Biologie, Physik und Chemie; und und und … Nun hast du wegen Corona auf einmal Zeit, die du vorher nicht hattest. Corona hat dich ausgebremst. Du musstest daheim bleiben, konntest nicht mehr jeden Tag raus, um Freunde zu besuchen oder um Sport zu treiben.«

Ich nickte: »Stimmt, da hast du recht.«

»Und hat das etwas mit dir gemacht?«, fragte das Löwenmäulchen.

»Na ja, irgendwie bin ich ruhiger geworden.«

»Siehst du. Und wenn die Menschen ruhiger werden, hören sie wieder besser. Ich habe nämlich nie aufgehört, mit dir zu sprechen, nur hast du mich nicht gehört. Bis eben.«

»Und du hast es immer wieder versucht? Da kann ich wohl nur danke sagen.«

»Es war mir ein Vergnügen.«

»Eigentlich müsste ich dann ja auch den Coronaviren danken. Wenn es die nicht gäbe …, wenn die nicht wären … »

»Man sagt doch, dass alles für etwas gut sei.«

»Auch wenn es lebensgefährlich ist?«

Das Löwenmäulchen sagte: »Auch dann! Sogar gerade dann, weil wir immer wieder neu entscheiden müssen, was wirklich wichtig ist.«

. . .

»Ein starker Text, Tobias«, sagte ich, »der muss unbedingt veröffentlicht werden.«

»Wenn ich doch nur schon einen Verleger gefunden hätte, der das auch so sieht«, meinte Tobias, und nach einem Moment, in dem er seiner Sehnsucht nachhing, fuhr er fort: »Und jetzt Vorhang auf für Ihre letzte Geschichte.«

Ich schlug das Blaue Buch auf, und ich las.

. . .

Der Baum der Hoffnung

Im März 2020, noch vor dem ersten Lockdown, fragte ich meine liebe Freundin Alexandra in einer E-Mail, wie es ihr gehe. Ohne Kommentar mailte sie mir das Foto eines blühenden Magnolienbaums zu, hinter einer der Blüten die strahlend helle Sonne. Ein Kommentar war auch gar nicht nötig, denn das Foto sprach zu mir.

»Guten Morgen, Sebastian«, sagte der Baum.

»Guten Morgen, Baum«, antwortete ich, »wie geht es dir?«

»Rundum gut.«

»Wirklich?«

»Es könnte nicht besser sein. Die Sonne scheint, das Erdreich führt genügend Wasser, sodass ich blühen und gedeihen kann. Und du?«

»Ich mache mir Sorgen.«

»Sorgen? Worum denn?«

»Um meine Gesundheit«, sagte ich, »wegen des Corona-Virus. Ich gehöre nämlich zu einer Hochrisikogruppe, wie mein Hausarzt sagt.«

»Weil du schon so alt bist?«

»Na ja, 69, das geht eigentlich noch, doch wenn ich erst mal 70 bin … »

»Dass ich nicht lache«, meinte der Baum, »sieh mich an, ich bin 93.«

»Donnerwetter! Dann hast du dich aber gut gehalten.«

»Man tut, was man kann. Und dir macht Corona also Sorgen.«

»Wem nicht!«

Der Baum sah mich lange an, bevor er fragte: »Hast du denn gar keine Hoffnung? Keine Kraft?«

»Also nicht, dass ich gar keine hätte … »

»Aber?«

»Aber ob ich genug habe, anderen davon abzugeben?«

»Musst du das denn?«

»Müssen muss ich nicht … aber wollen will ich schon.«

»Und warum?«

»Weil ich das als Künstler immer getan habe, ob ich Blues gesungen, Sketche gespielt oder Kolumnen publiziert habe.«

»Und was hindert dich daran, zu hoffen?«

»Der Tod. Dass ich sterben könnte. Dass Tausende sterben könnten.«

»Ach so. Der Tod, Na ja … »

»Nun mach du hier bloß nicht den Dicken. Was ist denn, wenn es nächste Woche Stein und Bein friert?«

»Dann erfrieren meine Blüten und sterben ab.«

»Siehst du!«

»Aber ich hoffe, dass es nicht frieren wird, und wenn doch, dass nicht alle meine Blüten absterben. Da halte ich mich an Vaclav Havel: ›Hoffnung ist nicht die Überzeugung, dass etwas gut ausgeht, sondern die Gewissheit, dass etwas Sinn hat, egal wie es ausgeht.‹«

Ich stutzte: »Meinst du etwa, das Corona-Virus könnte einen Sinn haben?«

»Unser Leben hat Sinn, auch wenn wir sterben müssen. Deshalb ist es ja so kostbar: weil wir sterben müssen.«

»Ja schon, allgemeinen betrachtet, aber bei mir?«

»Ich wünsche dir, dass du überlebst ... »

»Danke. Und dir wünsche ich, dass kein Nachtfrost deine Blüten absterben lässt!«

»Warte, ich war noch nicht fertig mit meinem Satz: Ich wünsche dir, dass du überlebst, um auch den Tod annehmen zu können.«

»Ach so«, sagte ich und schluckte.«

»Pass auf dich auf«, ergänzte der Baum.

»Danke«, sagte ich, »und du bleib gesund.«

. . .

Mein Magen knurrte so laut, dass die Geräusche nicht eindeutig einer bestimmten Körperregion zugeordnet werden konnten. Während Gäste an den umliegenden Tischen amüsiert zu uns herübersahen, ging Tobias taktvoll darüber hinweg, indem er am Verschluss seiner Armbanduhr mit dem blauen Zifferblatt nestelte.

»Ich hätte sie fast verloren, weil der Verschluss des Metallbandes manchmal schließt, manchmal aber auch nur so tut, als ob er das täte. Ich hätte lieber wieder ein ganz normales Lederarmband mit Löchern.«

Ich hob den linken Arm und zeigte ihm meine Uhr: »Ich trage ein Nylon-Armband. Das ist federleicht, du kannst den Dorn der Schließe an jeder Stelle einlochen, und wenn das Band von Hautfett und Schweiß verschmuddelt ist, brauchst du es über

Nacht nur in ein Schälchen Wasser mit einem Spritzer Sham-
poo oder Duschgel zu legen, am nächsten Morgen unter flie-
ßendem Wasser auszubürsten und es eine halbe Stunde neben
die Heizung zu legen – und schon ist es wieder wie neu.«

»Aha«, meinte Tobias, »ein Nylon-Uhrband also. Warum
nicht!«

Ich sagte: »Übrigens war das gerade mein Magen, der ge-
knurrt hat, nichts anderes. Ich habe nämlich Hunger wie
ein Steppenlöwe.«

»Ich auch«, sagte Tobias und sah auf die Uhr. »Es ist ja
auch schon halb zwei.«

»Dann lass uns unser Treffen mit einer türkischen Pizza
bei meinem Freund Nurettin im Restaurant ›Bella Türkiye‹
abschließen. Ich lade dich ein.«

»Und ich übernehme die beiden Cappuccino hier.«

»D'accord.«

Tinkas kleiner Buchladen II

Nachdem Tobias gezahlt hatte, standen wir auf und gin-
gen zügig durch die Fußgängerzone, damit wir schnell zu
unserem Essen kämen. Wir hatten die kleine Buchhandlung
schon passiert und waren halbwegs bei Eisen-Schmidt an-
gelangt, als wir Tinka rufen hörten:

»Haaalt! Stopp! Retour.«

Tobias sah mich an: »Ganz schöner Kommandoton!«

Ich grinste, zuckte die Achseln und sagte: »Let's went.«

So gingen wir die paar Schritte zurück. Die Arme in die
Hüften gestemmt, stand Tinka in der Tür ihres Ladens: »Jun-
ger Mann, ich habe eine gute Nachricht für Sie.«

Tobias sah mich fragend an.

»Sie meint dich«, sagte ich, »ich bin nicht jung.«

Also fragte Tobias: »Was gibt es denn?«

»Das müssen wir ja nicht hier draußen verhackstücken. Kommen Sie doch bitte herein.«

Wir folgten Tinka in den Laden, in dem niemand außer uns dreien war.

Tinka sagte: »Sie waren doch vorgestern hier und haben sich nach einem Verlag erkundigt, der für Märchen zum Thema ›Corona‹ in Frage kommen könnte.«

»Stimmt«, antwortete Tobias, und Tinka fuhr fort: »Sind Sie immer noch auf der Suche?«

Als Tobias nickte, sagte sie: »Ich habe vielleicht einen Verlag für Sie gefunden.«

Tobias sah sie ungläubig an: »Welchen Verlag denn?«

Sehr akzentuiert betonte Tinka jede einzelne Silbe. »Böh-mer und Ber-ger, Mün-chen.«

»Das ist doch ein Riesen-Verlag.«

»Einer der größten … und mit einem guten Namen.«

»Und wie kommt es, dass Sie vorgestern noch nichts von ihm wussten und es heute aber wissen?«

Tinka antwortete: »Das kommt daher, dass ich vorgestern noch nichts von ihm wusste und es heute aber weiß.« Sie freute sich über Tobias' verdutztes Gesicht; ihre Knopfäuglein funkelten vor Vergnügen. Dann fuhr sie fort: »Bevor Sie vor Neugier platzen, will ich Sie doch lieber aufklären. Gestern Nachmittag steht ein Pärchen hier im Laden, er vielleicht Mitte 30 und sie Ende 20, beide elegant gekleidet und, dem vertrauten Ton nach, miteinander liiert. Aus ihrem Dialog ging hervor, dass sie in Menschels Vitalresort kuren, wie man es früher nannte und heute ›wellnessen‹ nennt. Nicht, dass Sie denken, ich hätte die beiden belauschen wollen, aber in dem kleinen Raum hier kommt man oft nicht umhin, Gespräche Dritter mitzuhören.«

»Das ist mir bekannt«, sagte ich.

»Sehen Sie«, sagte Tinka, »der Mann reicht seiner Begleiterin einen Geschenkband aus dem Regal, mit den Worten: ›In der Art und Aufmachung stelle ich mir mein erstes eigenes Buchprojekt vor.‹

Die Frau blättert in dem Buch und meint dann: ›Starke Anthologie. Und so was willst du also zum Thema Corona herausgeben?‹

Der Mann nickt: ›Kurze Texte: Geschichten, Gedichte und Märchen unter dem Titel: die Hoffnung in Zeiten von Corona‹.«

Tinka wandte sich Tobias zu: »Und in dem Moment sind Sie mir eingefallen, und ich habe die beiden angesprochen: ›Verzeihen Sie, dass ich mich in Ihr Gespräch einklinke, aber gestern hat sich ein junger Mann bei mir nach einem Verlag erkundigt, in dessen Programm Märchen zum Thema Corona passen könnten, und nun sprechen Sie von einem Buch, für das mir die Texte dieses jungen Mannes wie maßgeschneidert zu sein scheinen.‹

Der Mann antwortet: ›Darf ich mich vorstellen: Mein Name ist Daniel Berger von Böhmer & Berger in München. Meine Begleiterin und ich laden hier für ein paar Tage unsere Batterien wieder auf. Ich bin erst kürzlich in den Verlag eingetreten, und mein Vater hat mir gleich das Corona-Projekt angetragen. Wir arbeiten mit Hochdruck an einem Buch mit kurzen Texten zu Corona, wie praktisch alle anderen Verlage auch. Ihr junger Autor kann mir seine Texte ja mal zuschicken. Hier ist meine Karte.‹ Er zieht ein Kärtchen aus einem Edel-Etui, überlegt einen Moment und räuspert sich: ›Wir könnten aber auch … ja, genau, das wäre vielleicht sogar noch besser: Richten Sie dem jungen Mann doch bitte aus, dass ich noch zehn Tage hier sein werde. Er soll seine Texte bei Ihnen hinterlegen. Ich komme in den nächsten Tagen bestimmt noch mal vorbei, nehme die Texte mit und lese sie. Und wenn sie etwas taugen, rufe ich den Autor an und verabrede mich mit ihm, um ihn persönlich kennenzulernen, noch während unseres Aufenthaltes hier.‹ Mit diesen Worten verabschiedete sich Daniel Berger mit seiner Begleiterin.«

Tinka sah Tobias und mich mit dem Blick eines Kindes an, das sich angestrengt bemüht hat, etwas besonders gut zu machen und das dafür nun gelobt sein will, doch Tobias und ich waren zu sehr von dieser Wendung überrascht, um uns Gedanken über die Überbringerin der guten Nachricht zu machen.

Tobias schüttelte den Kopf: »Das glaub ich jetzt nicht wirklich. Das ist ein Traum, eine Fata Morgana, eine Sinnestäuschung, ein Ich-weiß-nicht was, aber nicht die Realität.« Er streckte mir seinen rechten Arm entgegen: »Können Sie mich bitte mal ganz fest zwicken?«

Ich zwickte ihn in den Unterarm. Ziemlich fest.

»Aua! Das tut ja weh.«

»Gut, dass es weh tut! Das bedeutet: Du träumst nicht, sondern du bist wach, und was du gerade erlebst, ist die Wirklichkeit.«

»Aber ... aber dann ... aber dann habe ich ja einen Verlag gefunden.«

»Stop! Nicht so schnell! Dies ist erst mal die Aussicht auf die Möglichkeit, einen Verlag gefunden zu haben, nicht mehr, aber auch nicht weniger – und das ist doch schon mal was, oder?«

Tobias' Gesicht verlor die Anspannung, und es brach aus ihm heraus: »Daaas iiist Spitze!«

»Na sowas!«, sagte ich, »springst du jetzt auch noch einen halben Meter in die Luft? ›Dalli Dalli‹ war doch vor deiner Zeit. Woher kennst du das denn?«

Tobias strahlte: »Von Clips auf YouTube und von meinen Großeltern, die mir mal mit leuchtenden Augen erzählt haben: ›Dalli Dalli war unsere Lieblingssendung. Wenn Hans Rosenthal in die Luft sprang, sind wir mitgesprungen‹, was Mutter so kommentiert hatte: ›Den müden Hupfer hättest du sehen sollen!‹ Oma hatte pikiert geantwortet: ›Werd' du erst mal 73.‹«

Ich sagte: »Als Jugendlicher fand ich Dalli Dalli spießig und langweilig, aber Hans Rosenthals Herzlichkeit und sein Charisma waren etwas Besonderes, auch für mich. Aber jetzt mal was anderes: Wenn unser Jungverleger hier noch mal vorbeikommt, sollten wir flugs unsere Texte auf Vordermann bringen.«

Tinka sah mich erstaunt an: »Sie auch? Haben Sie denn auch Märchen zum Thema ›Corona‹ geschrieben?«

Ich nickte: »Und Geschichten zum Thema ›Hoffnung‹«.

In diesem Moment knurrte Tobias' Magen so laut, dass wir drei uns anschauten, bevor Tinka wie ein Schulmädchen zu kichern anfing.

»Da hat aber jemand Hunger«, meinte sie.

»Da hat jemand großen Hunger«, verstärkte Tobias, und ich ergänzte: »Da haben zwei Hunger wie die Steppenlöwen.«

Als wir uns zum Gehen wandten, sagte ich zu Tinka: »Vielen Dank für Ihre Vermittlung.«

»Gerne«, antwortete sie und fuhr fort: »übrigens, kennen Sie beide schon meinen neuen Beruf?«

»Ich nicht«, antwortete Tobias und sah mich an: »Sie?«

Ich schüttelte den Kopf: »Liebe Tinka, wären Sie bitte so freundlich, uns Ihren neuen Beruf zu verraten?«

»Gerne. Seit heute bin ich Literaturagentin.«

Tobias und ich sahen uns an.

»Literaturagentin? Aha«, meinte Tobias.

Und ich sagte: »Literaturagentin? Wie schön für Sie!«

Sie räusperte sich: »Meines Wissens beträgt die Vermittlungsprovision für Literaturagentinnen 15 Prozent.«

»Aber nur im Erfolgsfall«, erwiderte ich, und Tobias setzte noch einen drauf: »12 Prozent. Höchstens. Mehr wird nicht gezahlt.«

o
o o
o o o
o o
o

Danksagung

Auf meinem Weg zu diesem Buch bin ich von Menschen begleitet worden, denen ich herzlich danken möchte:

Oliver Schumann und Dietrich Humrich für ihren Rat, die fünf Corona-Texte »auf breitere Füße« zu stellen,

Angela Sohler und Sigrid Mathern die das Manuskript gegengelesen und mir ihre Gedanken dazu mitgeteilt haben,

Irmhild und Ottwilm Ottweiler, die mich auf dem gesamten Weg der Entstehung des Manuskriptes begleitet haben,

Gernot Schauß und Hans-Eberhard Berkemann für ihre Hinweise und Informationen zum Arnold-Marum-Park und zur Geschichte der jüdischen Sobernheimer Familie Marum,

Rose Götte für ihr kluges Lektorat und den Hinweis auf blinde Flecken des Autors,

Paul Pfeffer für sein Korrektorat, das Endlektorat und unseren Dialog zum erzählerischen Ich,

Herbert Spreier für seine meisterlichen Foto-Bearbeitungen,

Anne Schubert für ihre traumhaft schöne Titelgrafik,

Ruth Botzenhardt von buxdesign, die aus der Grafik das Buchcover gezaubert hat,

und schließlich danke ich Annika Burmeister von Books on Demand, die mich nun schon zum zweiten Mal auf meinem Weg zum Buch kompetent und geduldig begleitet hat.

Gerhard Engbarth

Urheber des Zitats und der Fotos

Seite 9 Das Zitat stammt aus dem Artikel »Richard Gere: ein Humanist und Gentleman« zum 70. Geburtstag des Künstlers, Oeffentlicher Anzeiger, 30.08.2019

Seite 20 Bad Sobernheim, 22. November 2016, Antonio Piazza in seinem Eiscafe »Cortina«, Foto: Gerhard Engbarth

Seite 29 Sobernheim, Sommer 1957, Vater Oswald, Tochter Trudel und Sohn Gerhard Engbarth, Foto: Mutter Hilde Engbarth

Seite 31 Sobernheim, 1952, Mutter und Sohn, Hilde und Gerhard Engbarth; das Foto hat Franz Kluxen aufgenommen, der damals in Langenlonsheim wohnte und als junger Mann einer der größten Sammler moderner Kunst gewesen war

Seite 34 Sobernheim, Oktober 1959, »die zwei Kämpfer«, meine Schwester Trudel (7) und der Autor (9), Foto: Hilde Engbarth im Archiv Gerhard Engbarth

Seite 36 Sobernheim, Anfang der 50er-Jahre, der 170er Mercedes Benz meines Vater vor unserem Wohnhaus, Foto: Archiv Gerhard Engbarth

Seite 39 Sobernheim, Johanniskirmes, Juni 1956, Foto: Hilde Engbarth im Archiv Gerhard Engbarth

Seite 53 Dr. Wilhelm Bleyer, genannt »der Schwan«, 1987, aufgenommen von seinem Sohn Herbert Bleyer

Seite 56 Straßburg, Quartier La Petite France, Irmhild Ottweiler, geborene Bleyer, aufgenommen von ihrem Mann Ottwilm Ottweiler

Seite 59 Tierpark Rheinböllen, Frühjahr 2010, Enrico Angelucci, umgeben von Kindern der Bad Kreuznacher Kleistschule, wo Enrico sein Freiwilliges Soziales Jahr geleistet hat Foto: Archiv Enrico Angelucci

Seite 65 Bad Sobernheim, 22.12.2015, Peter Klußmeier im Garten meines Hauses, Foto: Gerhard Engbarth

Seite 68 Terminzettel, Repro: Gerhard Engbarth

Seite 69 Bad Sobernheim, Marumpark, 8. Juni 2016, Martina Jacob und der Autor, Foto: Moni Schmidt

Seite 71 Tansania, St. Benedict's Hospital in Ndanda, September 2014, Dr. André Borsche und seine kleine Patientin Neema nach der Operation einer Hautzyste, Foto: Interplast

Seite 77 Bad Sobernheim, 19. Juli 2017, Sabine Richter und der Autor vor Antonio Piazzas Eiscafé »Cortina«, Foto: Hans Peter Koch

Seite 82 Boos, 11. Juni 2015, Hans und Anni Herter vor ihrem Haus in Boos, Foto: Gerhard Engbarth

Seite 84 Mainz, Uni-Campus, 27. März 2020, Johanna und Käfer Karl, Foto: Moritz Schlarb

Seite 92 Bad Sobernheim, Sommer 2020, der Schwarz-Weiß-Spiegel aus Pappmaché ist ein Meisterwerk der Meisenheimer Künstlerin Astrid Kosmann: links weiß – rechts schwarz, die eine Seite gut – die andere schlecht, und ich mittendrin

Seite 101 Bad Sobernheim, ca. 1988, Eisen- und Haushaltswarenhandlung Heinrich Schmidt, die Montage zeigt zwei Mal Reiner Horstmann; Foto: August Görg im Archiv Paul Bregenzer

Seite 104 Bayrischer Wald bei Passau, Sommer 2019, Großes Löwenmaul, Foto: Karl-Heinz Fuldner, Boos

Seite 107 Bad Kreuznach, Hauptfriedhof, 19. März 2020, Magnolienbaum vor der Sonne, Foto: Alexandra Ochmanee

Gerhard Engbarth

Das Leben ist ein Blaues Buch mit Eselsohren

Wie ich das Engbarthsche Gesetz entdeckte

Leseprobe des ersten Bandes

Pension zum Glück – Die Ankunft

Nie werde ich den Augenblick vergessen, als ich in N. unvermittelt vor der »Pension zum Glück« stand. Wie lange hatte ich vergeblich nach ihr gesucht, und nun, da ich gar nicht auf der Suche war, stand ich plötzlich vor ihr.

Das Äußere des Hauses und die Fotos der Zimmer im Schaukasten an der Hauswand waren so einladend, dass ich wusste: Hier will ich bleiben. Im Schaukasten war zu lesen: Nähere Informationen an der Rezeption. Ich öffnete die Tür.

Im Eingangsbereich stand eine Empfangstheke mit zwei voneinander getrennten Bereichen, über dem linken das Schild REZEPTION, auf der Theke eine Messingglocke. Ich betätigte sie. Eine Dame, nicht mehr ganz jung, doch keinesfalls alt zu nennen, öffnete den Veloursvorhang hinter der Theke und trat nach vorne.

»Herzlich willkommen. Was kann ich für Sie tun?«

»Sagen Sie mir bitte, was Ihre Zimmer kosten?«

»Gerne. Drei Übernachtungen sind frei«, antwortete die Dame, »Sie sind für 72 Stunden unser Gast.«

»Wie schön! Doch ich möchte gerne länger bleiben.«

»Da muss ich Sie enttäuschen. Längere Aufenthalte sind bei uns nicht vorgesehen.«

»Wieso nicht? Ich zahle selbstverständlich dafür. Warum nur drei Tage?«

»Weil unser Haus einzigartig ist. Reisende aus aller Welt wollen für immer bei uns logieren. Wenn wir dem stattgäben, wäre nicht Platz für alle.«

»Aber das ist doch … «, ich rang um Worte.

Die Dame nickte verständnisvoll: »Ich weiß. Jeder ist erst einmal enttäuscht ... bis ich an unser Reisebüro verweise.«

»Sie haben auch ein Reisebüro?«

»Gleich hier, nebenan.« *Sie wies auf den zweiten Schalter, lächelte und verschwand hinter dem Vorhang.*

Ich wandte mich nach rechts und betätigte die dort liegende Glocke. Durch den Vorhang an der Rückwand des Schalters erschien dieselbe Dame und trat vor.

»Was kann ich für Sie tun?«

»Sie haben mich doch gerade abgewiesen.«

»Aber nur in puncto Daueraufenthalt in der Pension. Im Reisebüro kann ich für Sie tätig werden.«

»Das verstehe ich nicht.«

»Dabei ist es so einfach. Julius Stinde, der Gründer unseres Hauses, hat es so ausgedrückt: ›Das Glück hat keine Stätte und wir sind nur glücklich, solange wir es suchen.‹«

»Und wie wollen Sie für mich tätig werden?«

»Ich kann Ihnen bei der Suche helfen, Ziele vorschlagen, Verbindungen heraussuchen, Fahrpläne ausdrucken.«

»Gibt es eine Liste der Reiseziele?«

»Aber sicher.« *Sie zog ein Buch mit blauem Einband aus dem Regal, nahm einen Schlüssel vom Schlüsselbrett, legte ihn auf das Buch und schob mir beides hin:* »Zimmer eins im ersten Stock.« *Sie wies aufs Treppenhaus und verabschiedete sich mit einem Kopfnicken. Ich ging die Stufen hoch und schloss die Zimmertür auf. Dann machte ich mich frisch, ließ mich im Ohrensessel nieder und begann zu lesen.*

. . .

Ditmar und die Düssel –
von Schuhen und Schritten

Im Juni 1969 machte ich Abitur. Im Juli wurde ich 19 und hatte keine Ahnung vom Leben. Das Studium sollte im Herbst beginnen. So nahm ich im Sommer an der »Ökumenischen Aktion 69« teil, zu der sich 120 junge Menschen aus aller Welt in Düsseldorf trafen, um mit Sozialarbeitern vor Ort die sozialen Brennpunkte einer Großstadt in praktischer Arbeit kennenzulernen. Ich hatte mich für die Gruppe entschieden, die drei Wochen lang mit Kindern aus der Notunterkunft Tichauer Weg Ferienaktivitäten unternehmen wollte: Ausflüge machen, ins Schwimmbad gehen, ein Kinobesuch, ein Zoobesuch; bei schlechtem Wetter würden wir basteln.

Für einen strahlend heißen Julitag hatten wir ein Picknick vorbereitet und alles besorgt, das es braucht, Kinderherzen höher schlagen zu lassen: Grillwürste, Senf, Ketchup, Mayo und drei Körbe voller Brötchen und Getränke. Unser Ziel war eine Wiese am Waldrand, auf der die Kinder nach Herzenslust spielen konnten: toben, verstecken, Fußball spielen und Holz für das Grillfeuer sammeln.

Durch die Wiese lief ein Bach, den die Kinder »de Düssel« nannten. Ich muss erwähnen, dass für die Kinder jedes Gewässer »Düssel« hieß. Sie zogen die Schuhe aus, plantschten im Wasser und spritzten sich nass, dass es die helle Freude war. Für uns Betreuer war der Bach ideal, weil er einerseits so flach war, dass kein Kind darin ertrinken konnte, andererseits strömte er so frisch und flott dahin, dass niemandem langweilig wurde.

Mit seinen blonden Locken sah der achtjährige Ditmar wie ein Barockengel aus, ein stiller Junge, ein Denker, von den anderen oft gehänselt, doch ließ er sich nicht unterkriegen. Er baute ein Wehr in die Düssel hinein.

Nach und nach kamen die Kinder aus dem Wasser, nur Ditmar baute düsselaufwärts noch an seinem Wehr. Max versteckte einen von Ditmars Schuhen und rief: »Ditmaaar, deine eine Schuh is in de Düssel jefallen.« Ditmar sprang aus dem Wasser, rannte zu uns her und suchte mit den Augen die Düssel nach seinem Schuh ab, doch kein Schuh war zu sehen. Max rief: »Zu spät! Deine Schuh is fortjeschwommen.«

Für Momente war Ditmar starr vor Schreck, dann zuckte er die Achseln: »Jeschimpft krieg ich sowieso, watt soll ich noch mit die andere Schuh?«, nahm ihn und warf ihn ins Wasser. Sprachlos starrten alle dem Schuh nach, den die Düssel mit sich forttrug, bis Max den ersten Schuh aus dem Versteck holte: »Is doch nur Spaß jewesen, Ditmar.«

Der Scherz hatte eine tragische Wendung genommen. Ditmar schluckte, Tränen liefen ihm übers Gesicht, er weinte. Ich nahm ihn in den Arm, um ihn zu trösten. Wir überlegten und fanden schließlich die Lösung: Wir würden Ditmar neue Schuhe kaufen. Auf dem Heimweg machten wir an einem Schuhgeschäft Halt, und er durfte sich das Paar aussuchen, das ihm am besten gefiel. Wie war er stolz, als ihm alle, halb bewundernd, halb eifersüchtig, dabei zuschauten, wie er sich für ein Paar quietschgrüner Sandalen entschied.

Vom Sommer 1969 ist mir zweierlei in Erinnerung geblieben: Neil Armstrongs erster Schritt auf dem Mond, den er kommentierte, es sei »ein kleiner Schritt für einen Menschen und ein riesiger Sprung für die Menschheit« – und Ditmars erster Schritt in den grünen Sandalen. Für die Menschheit mag er von geringer Bedeutung gewesen sein, doch für Ditmar und uns alle, die es miterlebten, war es der riesigste Sprung, der sich denken lässt.

. . .

Während des Lesens hatte ich die Empfindung, ein Déja-vu zu erleben. Es klopfte.

»Herein.«

Die Dame öffnete die Tür einen Spaltbreit: »Entschuldigen Sie bitte die Störung, aber ich hatte vergessen, Ihnen mitzuteilen, dass um zwölf Uhr im Speisesaal das Mittagsmenü serviert wird.«

»Oh ja, danke für die Information, ich werde da sein.«

Ich blätterte im Blauen Buch und blieb an folgender Geschichte hängen

. . .

Das Konzept der Buchreihe

Im Frühjahr 2020 war das Manuskript des Blauen Buchs mit Eselsohren gerade beim Verlag eingereicht, als Corona einsetzte. Die in den Folgewochen entstandenen Texte zum Thema »Die Hoffnung in Zeiten von Corona« hätte ich gerne in das Manuskript eingefügt, doch weil man etwas, das rund ist, nicht noch runder machen kann, schrieb ich das Buch vom Frosch und den Blumen der Hoffnung, das an den ersten Band anknüpft und das wiederum an drei Tagen im Leben des Erzählers Sebastian spielt, diesmal nicht in der »Pension zum Glück«, sondern in Sebastians Wohnort S.

Dort wird auch die Geschichte des dritten Bandes spielen. War das Gegenüber im ersten Band die »Dame, nicht mehr ganz jung, doch keinesfalls alt zu nennen« und ist es im zweiten Band der neunzehnjährige Tobias, so wird im dritten Band die elfjährige Nachbarstochter Marie das Gegenüber sein.

Im letzten Band der Reihe ist das Gegenüber der Tod, der gekommen ist, um Sebastian abzuholen. Als der Tod erwähnt, wie ihn die immer gleichen Geschichten langweilen, die er tagein, tagaus zu hören bekommt, gelingt es Sebastian, mit ihm einen Deal auszuhandeln: Der Tod gewährt Sebastian solange Aufschub, wie der ihn mit einer neuen Geschichte überraschen und unterhalten kann – ein guter Grund für Sebastian, aus der Schublade seines Lebens alle überraschenden Geschichten hervorzukramen, die er kennt.

Die erschienen Bände der Reihe können in jeder Buchhandlung bestellt werden und sind bei »Books on Demand« portofrei erhältlich. Ausführliche Leseproben gibt es dort und bei Amazon; der Preis von erstem und zweitem Band ist 11,99 €, die ISBN des ersten Bandes: 978-3-7526-3131-9, die des zweiten Bandes: 978-3-7534-8789-2

Gerhard Engbarth